与最聪明的人共同进化

HERE COMES EVERYBODY

# CHEERS

CHEERS
湛庐

现实科幻系列
RSF010

# SEA OF TRANQUILITY

[加] 艾米丽·圣约翰·曼德尔 著 Emily St. John Mandel    王林园 译

浙江教育出版社·杭州

扫码加入书架
领取阅读激励

扫码获取主要人物表，
一图无剧透把握故事线。

## 阅读前的友情提示

　　本书作者艾米丽·圣约翰·曼德尔善于采用非线性、多视角的叙述，在不同时间维度上来回切换，编织出质感细腻、相互纠缠的人、事、物。因此，了解不同时间段的主要出场人物，对把握其笔下的故事走向、获得更美妙的阅读享受有重要作用。

献　给

卡西亚和凯文

Sea of Tranquility

目 录

静 海　　Sea of Tranquility

# 一　侨居

1912

Sea of Tranquility

# 1

十八岁的埃德温·圣约翰·圣安德鲁顶着两位圣徒的名号，坐在汽船上，前往大西洋彼岸。他站在甲板上，用戴着手套的双手抓着栏杆，迎着风眯起眼睛，迫切地想一窥未知的世界。他努力地想在海天之间分辨出别的东西——什么都好！可惜映入眼帘的只有无穷无尽、深深浅浅的灰色。他要前往另一个世界。此刻，他差不多身处英国和加拿大之间的中点。"我被流放了。"他暗想。虽然他也知道这是在小题大做，但这个说法其实不无道理。

埃德温是征服者威廉[1]的后人。等他祖父去世之后，父亲会承

---

[1] 征服者威廉，指威廉一世（约 1028—1087），诺曼王朝的首位英国国王。——译者注（若无特殊说明，本书脚注均为译者注。）

袭伯爵之位。埃德温毕业于全英国最好的学校，可惜他在英国从来没有什么前途可言。可供绅士从事的职业屈指可数，况且他对任何一种都不感兴趣。家产注定要归大哥吉尔伯特继承，埃德温自己则一无所有。二哥尼尔已经身在澳大利亚。埃德温本来可以在英国多消磨一段时间，可惜他不为人知的激进观点在一场晚宴上意外地被公之于众，于是他的命运提前降临了。

　　登记旅客名单的时候，埃德温一时间斗志昂扬，于是报了"农场主"的身份。过后，他在甲板上想心事，才突然想到自己这辈子连铁锹都没摸过。

## 2

到了哈利法克斯①，埃德温在港口附近找到了住处。那是一所寄宿公寓，他住在二楼拐角的房间里，可以俯瞰港口。第二天早上醒来的时候，迎接他的是窗外热火朝天的场景。一艘大商船刚刚靠岸，他能听见船员们搬运木桶、麻袋、板条箱时快活地骂骂咧咧。他基本上一整天都在窗前看热闹，好像一只猫。他本打算立即动身去西面，但在哈利法克斯逗留太舒服了，他沦为性格的牺牲品。从小到大，他都知道自己性格中的这个弱点：他有能力行动，却耽于惰性。他喜欢坐在窗边，看着人群来来往往，船只进港出港。他不想走，所以就留了下来。

①哈利法克斯，新斯科舍省首府，位于加拿大东南岸。

"嗯，我还没想清楚下一步该怎么走，大概是这样吧。"房东唐纳利太太温和地问起他的计划时，埃德温是这么回答的。唐纳利太太是纽芬兰人，但她的口音让埃德温困惑不已——既像布里斯托尔人，又像爱尔兰人，可有时候还能从其话语中听出苏格兰口音。她不仅把公寓房间整理得干净整洁，而且厨艺精湛。

水手们推推搡搡地从窗外经过，他们很少抬头。埃德温喜欢观察他们，只是不敢主动和他们交流。何况他们都有彼此做伴。每次喝醉了，他们就互相搂着肩膀。埃德温暗暗嫉妒，心里像被扎了一下。

他能出海吗？那怎么行。这个想法刚冒出来，就被他否决了。埃德温曾听说有个侨民摇身一变当了水手，可他是彻头彻尾的闲人一个。

他喜欢看船只抵达。汽船驶入港口时，甲板上还萦绕着欧洲的气息。

他早上会出门散步，下午也要出去。他会经过港口，走到安静的居民区，在巴林顿街上那些搭着条纹布遮阳篷的小店里进进出出。他喜欢跟着有轨电车坐到终点站，再坐回来，看着沿路从小房舍变成大宅子，最后变成市中心的商业建筑。他喜欢买一些自己并不怎么需要的东西，比如一个面包、一两张明信片、一束鲜花。不知不觉间，他有了新想法，觉得自己也可以这样过一辈子，就这么简简单单地过一辈子。不用成家立业，只需要几件让自己快乐的小事，晚上能躺在干净的床铺上，定期收到家里寄来的钱。独居的生活可以非常惬意。

他开始隔几天买一束花，将花插在梳妆台上那只廉价的花瓶里。他会长时间地观察瓶子里的花朵。他想，自己要是个艺术家就好了，那样就能把花儿画下来，也就能观察得更仔细了。

他能学画画吗？他有时间，也有闲钱。这个主意不赖。他向唐纳利太太打听此事，唐纳利太太又向自己的一个朋友打听此事。没多久，埃德温就在一个画家出身的妇人那里登门学艺了。他在这个妇人家的客厅里，每天花几个小时，安安静静地对着花朵和花瓶练习素描，学习基础的光影和比例技法。妇人名叫蕾蒂西娅·拉塞尔，她手上戴着结婚戒指，但丈夫下落不明。她的家是一座木房子，收拾得十分整洁，家里有三个孩子，还有一个丧偶的姐妹，充当着女伴的角色。这位姐妹每次都不声不响地坐在房间一角，没完没了地织披肩，以至于埃德温日后一想起画画，就会听见织针的嗒嗒声。

雷金纳德到来的时候，埃德温已经在寄宿公寓住了六个月。他一眼就看出，雷金纳德不会耽于惰性。雷金纳德打算立即动身去西边。他是家中第三个儿子，比埃德温年长两岁，也是伊顿公学毕业生，其父是一位子爵。雷金纳德的眼睛生得很美，眼珠是深灰蓝色的。他和埃德温一样，也打算把自己打造成一位乡绅。但和埃德温不同的是，他已经有所筹划，并且一直在与一个人联系，对方有意卖掉萨斯喀彻温省①的一座农场。

"六个月。"吃早饭的时候，雷金纳德有些不可置信地重复了一遍。他本来在往吐司上抹果酱，这时停下手里的动作，似乎以为自己听错了。"六个月？六个月都住在这儿？"

"是啊。"埃德温故作轻松地回答道，"不妨加一句，是非常愉快的六个月。"埃德温想和唐纳利太太交换眼色，但对方正全神贯注地倒茶。埃德温看得出来，唐纳利太太觉得他有点不正常。

"有意思。"雷金纳德继续往吐司上抹果酱，"不会是盼着家里召唤咱们回去吧？所以要留在大西洋岸边，离吾王与吾国越近越好？"

这句话让埃德温心中像被针刺般疼痛。于是下一周雷金纳德启程去西边的时候，埃德温答应同行。火车向城外开去，埃德温告诉自己，行动自有行动的乐趣。两个人订了头等车厢，这列火车上贴心地设有邮局和理发店。埃德温写了一张明信片寄给大哥吉尔伯特，接着一边享受着热毛巾剃须和理发，一边欣赏窗外森林、湖泊和小镇向后掠去的景象。列车在渥太华到站停车，但埃德温没有下车，而是坐在车上，描绘车站的轮廓。

---

①萨斯喀彻温省，位于加拿大中部。

森林、湖泊和小镇渐渐消失，取而代之的是平原。草原起初令人着迷，随后变得乏味，最后直叫人心慌意乱。草原太多了，这就是问题所在——比例不对。列车像一只千足虫，在无边无际的草地间爬动。四面八方都是地平线，这让他觉得被过度暴露。

"生活这就开始了。"雷金纳德说。他们总算抵达了目的地，站在雷金纳德新买的农舍门口。农场位于阿尔伯特亲王城外几千米处，根本是一片泥塘。雷金纳德连看都没看过就买下了这座农场。卖家是一个郁郁寡欢的英国人，二十七八岁。也是一个侨民，埃德温忍不住这样猜测。此人在这儿一败涂地，于是返回东部，想在渥太华找一份文书工作。埃德温看得出来，雷金纳德在小心翼翼地避免想到这个人。

房子会被失败诅咒吗？埃德温迈进农舍的大门，立刻感觉浑身不自在，于是在前廊徘徊。这座房子被修建得很用心——上一任屋主一度手头宽裕。但这个地方笼罩着一种不如意的氛围，埃德温也说不清是为什么。

"这里……有大片的天空，是吧？"埃德温壮着胆子说。还有大片的污泥。真的，污泥多得惊人。放眼望去，满目只有在阳光下闪闪发光的污泥。

"天宽地阔，空气清新。"雷金纳德凝视着枯燥得要命的地平线说道。埃德温看到远处还有一座农舍，因为离得太远，显得模模糊糊。天空蓝得骇人。这天晚上，他们吃的是黄油煎蛋（雷金纳德只会做这一样东西），还有咸猪肉。雷金纳德看起来无精打采。

过了一会儿，雷金纳德开口说："这个活大概相当辛苦吧？我是说农活，很费体力。"

"应该是吧。"从前，埃德温想象自己在新大陆的情景时，总是看到自己有一座农场——一片绿油油的田野，长着不知名的作物，齐整而广阔。但事实上，他从来没有想过干农活究竟意味着什么。也就是喂喂马吧，他琢磨道。再养养花，翻翻地。可为什么要翻地？之后呢？等翻好了地，接下来要在地里做什么？

埃德温觉得自己就站在深渊边缘，身子摇摇晃晃。"雷金纳德，我的老友，"他说，"为了能在这儿喝上一杯，我该做些什么？"

"你得'收获'。"埃德温自言自语道，他已经喝到第三杯了，"就是这个词。你翻好地，接着在地里播种，最后收获。"他抿了一口酒。

"收获什么啊？"雷金纳德喝醉之后变得温和大度，好像什么事都不会惹他生气。他一直靠着椅背，笑眯眯地对着空气说。

"嗯，问题就在这里，是吧？"埃德温说着，又给自己续了一杯。

# 3

　　喝了一个月酒之后，埃德温告别了雷金纳德和他新买的农场，继续往西走，去找二哥尼尔的同学托马斯。托马斯来到新大陆的第一站是纽约市，之后就马不停蹄地一路向西。列车从落基山脉间穿过时，埃德温不由得屏住了呼吸。他像个孩子似的，把额头贴在窗户上，在众目睽睽之下张大了嘴。这种美景夺魂摄魄。他在萨斯喀彻温省也许有点喝过头了。他暗暗决定，来不列颠哥伦比亚省之后，他要好好做人。阳光晃得他眼睛疼。

　　见过那般气势磅礴的景色之后，再看到维多利亚①那些温驯规

---

①维多利亚，不列颠哥伦比亚省省会，位于加拿大西南角的温哥华岛东南部。

矩的街道，埃德温不由得一惊。到处都是英国人。他一下火车，就被乡音包围了。他心想，不妨就在这儿住上一阵子吧。

托马斯的落脚处是市中心一家整洁的小旅馆，他订的是高级房间，并和埃德温在楼下的餐厅里点了茶和松饼。他们有三四年没见了，不过托马斯的模样几乎没变。他和小时候一样，皮肤还是红红的，给人的印象永远是刚刚打完橄榄球的样子。托马斯想融入维多利亚的商人圈子，只不过他也不大清楚自己想做哪一行。

"你哥哥怎么样？"托马斯换了个话题。他指的是埃德温的二哥尼尔。

"他在澳大利亚过得不赖。"埃德温回答道，"从信里来看，他还算开心。"

"哟，那可比咱们大部分人过得好。"托马斯说道，"开心，这可不是小事。他在那边做什么？"

"估计是领了汇款买酒喝吧。"埃德温的回答缺乏绅士风度，不过十有八九是事实。两个人选了靠窗的桌子，埃德温的目光总是不自觉地飘向窗外的街道、店铺门面，还有再往远处的那片深不可测的荒野，参天大树包围了其边缘。那片荒野归英国所有，这个想法总显得有些荒唐。但埃德温马上打消了这个念头，因为这让他想起了英国那场最后的晚宴。

4

晚宴开始得还算顺利，之所以生出了麻烦，就是因为话题一如既往地转到了"拉杰"①不可思议的辉煌。埃德温的父母都出生在印度，是"拉杰之子"，也就是印度奶娘带大的英国孩子。"要是她再提一句天杀的阿亚嬷嬷……"埃德温的大哥吉尔伯特在其间嘀咕了一句，但这句话永远没有下半句。埃德温兄弟从出生到长大没见过印度，但从小就听惯了种种故事。埃德温忍不住觉得，父母在二十出头的年纪第一次见到祖国时，心中是略有些失望的。"没承想雨水会这么多。"埃德温的父亲对此只有这一句评价，除此之外就不肯多说什么了。

---

①拉杰，意为"统治、主权"，指英国殖民时期的印度。

那场晚宴还请了另一家人来做客，是巴雷特一家，他们的经历和埃德温一家类似：约翰·巴雷特以前是皇家海军指挥官，妻子克拉拉小时候也在印度生活过几年。这次晚宴，夫妇二人带了长子安德鲁同来。巴雷特一家清楚，只要晚宴上有埃德温的母亲，谈话就会不可避免地扯到印度。不过，身为老朋友，他们也都明白，只要让她念叨一遍"拉杰"，那么大家就可以继续聊下去。

"知道吗？我常常情不自禁地怀念印度的美景。"埃德温的母亲说道，"五彩缤纷，真神奇啊。"

"就是天气热得叫人吃不消。"埃德温的父亲说道，"回来之后，我可不怀念那里的天气。"

"啊，我倒从来不觉得多么吃不消。"埃德温的母亲说着，露出一种遐思悠悠的神情，埃德温兄弟几个称之为她的"印度表情"。她神色恍惚，意味着思绪已经飘远了。她此刻正骑着大象，或者在花木葱茏的热带花园中漫步，或者由"天杀的阿亚嬷嬷"伺候她吃黄瓜三明治，诸如此类，谁知道呢。

"当地人也不觉得。"吉尔伯特温和地说，"不过想必不是每个人都能适应那种气候。"

到底埃德温是受了什么刺激，才会在此时开口？几年之后，在战场上，在战壕中忍受着无可救药的恐惧和无聊的时刻，他会不由自主地回想这个问题。有时候，你也不知道自己会不会扔出手榴弹，直到你已经拔掉安全栓。

"证据表明，与酷热相比，更让他们吃不消的是英国人的压迫。"埃德温说。他望向了父亲，但对方像是定住了，酒杯就那么被端在半空中，悬在桌子和嘴唇之间。

"亲爱的，"埃德温的母亲问，"你这是从何说起呢？"

"他们那里不欢迎我们。"埃德温回答道。他环视一周，桌子周围是一张张目瞪口呆的面孔。"恐怕在这一点上没有多少模棱两可之处。"他听着自己的说话声，就好像声音是从远处传来的，这让他感到诧异。吉尔伯特吃惊地张着嘴巴。

"小子，"他父亲开口了，"我们给那些人带来了文明——"

"可是呢，本人不禁注意到，"埃德温打断了父亲，"总的来说，他们好像更喜欢自己的那一套。我是指他们自己的文明。没有我们，他们也一直过得还不错，不是吗？几千年都走过来了，不是吗？"

这种感觉就像被绑在了一辆脱轨的列车顶上，根本没办法停下来！埃德温其实对印度知之甚少。不过他记得，小时候听到1857年印度叛乱①的故事时，他的感受是震惊。"有哪里欢迎我们吗？"他听见自己的声音说，"为什么我们理所当然地觉得那些遥远的地方归我们所有？"

屋子里的人沉默了片刻，接着吉尔伯特开口了："因为那些地方是我们赢来的，埃迪②。想来英国本地人也许也不是一致欢迎我们的曾曾曾曾祖。不过呢，这么说吧，历史属于胜利者。"

---

①1857—1859年印度人反抗英国殖民统治的起义，英国却称之为印度兵变或叛乱。

②埃迪，埃德温的昵称。

"征服者威廉活在一千年前，伯特[1]。我们起码也该有些长进，文明程度至少得胜过一个维京海盗的失心疯孙子[2]吧。"

埃德温没再说下去。一桌人都注视着他。

"维京海盗的失心疯孙子。"吉尔伯特轻声重复了一遍。

"不过呢，大家应该心怀感恩，幸好我们是信奉基督的国家。"埃德温接着说，"想想看，若非如此，那些殖民地一定血流成河了。"

"你是无神论者吗，埃德温？"安德鲁饶有兴趣地问道。

"我也不大清楚自己是什么。"埃德温回答道。

接下来的沉默大概是埃德温一生中最难熬的一段时间。接着，埃德温的父亲发话了，语气十分平静。他父亲发怒的时候，一张口总是只说半句话，以引起所有人的注意。只听他父亲说："你这辈子享有的种种优势啊。"每个人都望向了父亲。父亲再次开口了，是他惯有的方式，只不过声音提高了几分，语气平静得骇人。"你这辈子享有的种种优势啊，埃德温，所有这些，事实上多多少少都要归功于你的先祖。借用你刚才精辟的总结，是一个维京海盗的失心疯孙子。"

"当然了，"埃德温说，"情况可能糟糕得多呢。"他说着举起了酒杯，"敬杂种威廉[3]。"

---

①伯特，吉尔伯特的昵称。

②征服者威廉是维京海盗的后裔。

③征服者威廉是法国第六代诺曼底公爵的私生子，因此又被戏称为"杂种威廉"（William the Bastard）。

吉尔伯特笑了两声，是那种紧张不安的笑。其余的每一个人都悄无声息。

"让各位见笑了。"埃德温的父亲对客人说，"本来以为幼子已经长大成人，不过看样子他依旧年少无知。埃德温，你回房去吧。这一个晚上你也闹够了。"

埃德温郑重其事地起身离席，道了一声："诸位晚安。"他先去了一趟厨房，吩咐用人把三明治送到他的卧房，因为主菜还没有上桌。之后他就回到房间，等待他的判决。判决是午夜之前送到的，信号是一阵敲门声。

"请进。"他说。他一直站在窗边，心神不宁地望着一棵在风中摇摆的树。

进来的是吉尔伯特，他随手关上门，接着就瘫在一张污渍斑斑的古董扶手椅上。这把椅子是埃德温最宝贝的一件财产。

"一鸣惊人啊，埃迪。"

"我也不清楚我刚才是怎么想的。"埃德温说道，"老实讲，我没说实话。我很清楚，我可以打包票，当时我的脑袋里一个想法也没有，似乎一片空白。"

"是不是不舒服？"

"根本不是。感觉比什么时候都好。"

"那么做一定很刺激。"吉尔伯特说。

"说老实话，的确如此。我不觉得后悔。"

吉尔伯特微微一笑。"你要去加拿大了，"他温和地说，"父亲正在安排。"

"我本来就要去加拿大。"埃德温说，"已经计划好了，明年动身。"

"这下你要早一点出发了。"

"早一点是早多久，伯特？"

"下周。"

埃德温点了点头。他感到一阵眩晕。房间里的气氛起了微妙的变化。他马上要前往一个不可思议的世界，而他所在的房间已经开始褪变为过去。过了一会儿，埃德温开口说："好吧，起码我和尼尔不在同一片大陆上。"

"你又来了。"吉尔伯特说，"你现在是有什么就说什么了？"

"我提倡大家都试试。"

"不能每个人都这么无所顾忌，知道吧。有些人还要考虑责任呢。"

"你所谓的责任就是继承爵位和遗产吧。"埃德温说，"这样的命运太惨了。我以后会为你哭泣的。给我的汇款和给尼尔的一样多吗？"

"给你的多一点。给尼尔的那笔够他生活就行了，给你的这笔是有条件的。"

"说来听听。"

"你在一段时间里不许回英国。"吉尔伯特说。

"流放。"埃德温说。

"哎，别小题大做。你本来就要去加拿大，你刚才也说了。"

"那'一段时间'是多久？"埃德温从窗前转过身子，注视着大哥，"我还以为是让我去加拿大住上一阵子，找个谋生的法子，之后就能每隔一段日子回来一趟。父亲到底是怎么说的？"

"恐怕在我脑海里挥之不去的那句话是‘叫他永远滚出英国’。"

"哦，这倒是……毫不含糊。"

"你也了解父亲的脾气。还有，不消说，母亲是和他一道的。"吉尔伯特站起身，走到门口，又驻足片刻，"给他们点时间吧，埃迪。我不信他们永远都不允许你回来。我会帮着劝劝他们的。"

# 5

在埃德温看来，维多利亚的问题在于，这个城市太像英国了，可实际上又不是英国。这里是英国的一个遥远的影像，好比一幅水彩画覆盖在原本的风景上，总让人觉得不真实。埃德温过来的第二天晚上，托马斯带他去了联合俱乐部。气氛起初很愉快，埃德温感觉像是回家了，几个来自家乡的校友、几杯绝对纯正的单一麦芽威士忌，陪着他不知不觉地度过了几个小时的快乐时光。有几个年长一些的人已经在维多利亚生活了几十年，托马斯想融入他们的圈子。托马斯一直围着他们转，不住地询问他们的意见，一本正经地听他们说话，还不住地巴结奉承他们，让埃德温看得很尴尬。托马斯显然是想给人留下一个可靠的印象，以证明自己是那种值得合伙做生意的人选。不过埃德温看得出来，那几个年长的只是和托马斯客套罢了。他们不欢迎外人，就算这个外人的祖国没错，祖先没错，口音没错，念的学校也没错。这是一个封闭的小圈子，最多只允许托马斯待在边缘。托马斯要在这里待多久，要在俱乐部里徘徊多少圈才能被他们接受？五年？十年？一千年？

埃德温撇下托马斯，一个人走到窗边。这里是三楼，可以望见港口。此时，天边的最后一抹余晖即将隐没。他觉得心烦气躁，静不下来。在他身后，那些人聊起了成功的冒险，还有平淡无奇的汽船之旅，终点有魁北克、哈利法克斯，还有纽约。"说出来你们肯定不信，"一个在纽约下船的人在他身后说道，"我那可怜的母亲以为纽约还属于英联邦呢。"

时间流逝，夜幕笼罩了港口，埃德温又回到他们中间。

此时他们激动地聊起了闯劲是多么重要。"可这就是个不幸的事实，"其中一个人说道，"咱们在英国其实没有未来可言，是不是？"

一群人陷入了沉思。这些人都是家中的次子，无一例外。他们缺少安身立命的本领，家里也没有财产留给他们。埃德温做了一件让自己都大吃一惊的事，他举起了酒杯。

"为流放干杯。"他说着一饮而尽。有几个人不以为然地嘀咕起来。一个人说："我可不觉得这是流放。"

"为这片遥远的新大陆，先生们，为一个新的未来，干杯。"托马斯帮忙打圆场，他一向应对自如。

过后，托马斯走到窗前，站到了埃德温旁边。

"知道吗？"托马斯说，"我好像偶然间听说有一场晚宴出了些状况，不过我之前半信半疑，直到现在才信了。"

"看来巴雷特一家都是不可救药的闲话精。"

"我觉得我在这个地方也待够了。"托马斯说，"我本来觉得能在这儿大展拳脚，不过既然要离开英国，那就干脆彻底离开。"他说着转过身，面对着埃德温，"我在考虑往北去。"

"往北去多远？"埃德温不由得担心起来，他依稀看到了冰冻苔原上的小冰屋。

"没多远，就在温哥华岛再往北一点的地方。"

"你看好那边？"

"具体地说，我朋友的叔叔在那儿有一家木材公司。"托马斯说，"抽象地说，那儿是一片荒野。这不正是咱们来这儿的目的吗？在荒野上留下印迹？"

要是一个人打算在荒野中消失呢？一周之后，埃德温坐在北上的汽船上，脑海里突然冒出这样一个怪念头。他们沿着温哥华岛支离破碎的西海岸航行，映入眼帘的是一片片棱角分明的沙滩和森林，远处是耸立的群山。接着，猝不及防地，破碎的礁石化成了一片白沙滩，埃德温这辈子第一次见到这么绵长的沙滩。他看见了岸边的村庄，炊烟袅袅升起，还有雕着翅膀、绘着面孔的木头柱子矗立在周围。他想起来了，这些是图腾柱。他不理解这些东西，因此忍不住害怕。汽船又向前走了很久，白沙消失了，取而代之的仍然是嶙峋的峭壁和狭窄的海湾。时不时地，他能望见远处的独木舟。一个人消失在荒野中，就像盐融化在水里。他想回家。埃德温生平第一次担心自己会丧失理智。

　　船上的乘客有：三个去罐头厂干活的中国人、一个去投奔丈夫的紧张兮兮的挪威裔年轻女人、托马斯和埃德温、船长和两个加拿大船员，陪伴他们的是一个个装物资的木桶和麻袋。几个中国人有说有笑，用的是他们自己的语言。那个挪威女人除了吃饭就一直待在船舱里，而且从来不笑。船长和船员热情友好，可惜并没有兴趣和托马斯他们聊天。因此在大部分时间里，托马斯和埃德温只能在甲板上彼此做伴。

　　"维多利亚那些安于现状的家伙有一件事没弄明白，"托马斯说，"整座岛都是予取予求的。"埃德温瞥了他一眼，并看尽了未来：托马斯被维多利亚的商业界拒之门外，因此他下半辈子都要对那些人口诛笔伐了。"他们守着那个酷似英国的地方。好吧，我理解这的确很吸引人，不过我们应该把握住机遇。我们可以在这个地方创造自己的天地。"托马斯滔滔不绝地说起了帝国、机遇，埃德温则一直眺望着水面。河口、海湾，还有小小的岛屿，都分布在右舷。再远处，广袤的温哥华岛微微隆起，森林一直攀到群山之上，山巅则隐没在低云之间。在他们伫立的左舷外，大海一望无际。按埃德温的理解，大洋的尽头是日本海岸。他又一次觉得被过度暴露，不由得一阵犯恶心，像在草原上那样。汽船总算慢慢地右转，驶向了一处海湾，他这才松了一口气。

傍晚时分，他们来到了凯耶特①定居点。这里乏善可陈：一个码头、一座白色的小教堂、七八间房舍、一条通往罐头厂和伐木场的简陋小路。埃德温站在码头边上，身边放着旅行箱，心里一片茫然。这个地方危机四伏，再没有别的词能形容了。文明在森林和海洋之间只留下了几笔淡淡的线条。他不属于这里。

"山上那座大一点的房子是家寄宿公寓。"船长和蔼地告诉埃德温，"要是你打算在这里住上一段日子，得先认认方向。"

埃德温不安地意识到，别人一眼就能看出，他迷失得一塌糊涂。托马斯和埃德温一同沿着山路来到了寄宿公寓，订了上层的房间。早上，托马斯去了伐木场。和在哈利法克斯的时候一样，埃德温随即又陷入那种停滞不前的状态，这和无精打采还不太一样。他把自己的想法仔细地清点一番，最后断定，自己并没有不快乐。他只是不想再动了，暂时如此。如果说行动有行动的乐趣，那么静止就有静止的安心。他每天在海滩上漫步，画画，站在门廊那儿望着大海沉思，看书，和其他的房客下棋。过了一两周，托马斯也就不再劝埃德温和自己一起去伐木场了。

这里的风景秀美宜人，埃德温为之诧异。他喜欢坐在海滩上，不做别的，只是凝视着那些岛屿，还有露出水面的小树丛。独木舟时而划过，不知道是在奔忙些什么。小舟上的男男女女有时候对他

---

①虚构的地名。

毫不理会，有时候会盯着他看。大一些的船只每隔一段时间来一次，给罐头厂和伐木场送来人手与物资。有的工人会下棋。下棋是埃德温最大的乐趣之一，虽然他从来都不擅长下棋，但他喜欢那种秩序井然的感觉。

"你在这里做什么？"他们有时候会问他。

"哦，我还在琢磨下一步该怎么走，大概是这样吧。"他的回答总是这句话，或者是意思差不多的话。他隐隐觉得自己在等待。可他在等待什么呢？

# 6

九月的一个早上，阳光明媚，埃德温到海滩上散步，看到两个原住民女人正在大笑。她们是两姐妹，还是好朋友？她们说话的音节很密集，和他听过的任何一种语言都不一样，有些音调他根本无从模仿，更别说用罗马字母拼出来了。她们的头发又长又黑，其中一个女人转过头，露出一副大大的贝壳耳坠，在阳光下闪闪发光。两个人都裹着毯子，以抵御岸边的冷风。

她们停止了交谈，注视着他走近。

"早上好。"他打了一声招呼，还碰了碰帽檐。

"早上好。"其中一个女人应了一句。她的口音抑扬顿挫的，很悦耳。那对耳坠容纳了黎明时分的每一种天色。她的那位同伴，脸上留着天花的疤痕，一直一语不发地盯着他看。这一幕和埃德温在加拿大的经历并不冲突。恰恰相反，他暗想，在新大陆生活了半年之后，要是他突然间明白如何讨得当地人的喜欢，那才叫不可思议呢。然而，两个女人冷漠的目光让他心生不安。他意识到，此时此刻，他正好有机会对问题的另一方当事人（姑且这么叫吧）表达自己对殖民的看法。可是，在这种情形下，他想不出怎么说才不会显得愚蠢可笑。要是他说自己痛恨殖民，那么接下来的问题自然而然就是："那你到这儿来干什么？"就这样，他没再说什么，从她们身边走了过去，那一刻转瞬即逝。

　　他径直往前走，走出一段距离之后，仍然觉得两个女人的目光追随着他的背影，于是决定装作有要事在身，朝那片密林走了过去。他从来没有踏进过森林，因为他害怕遇到熊或美洲狮。但此刻，森林散发着一种奇异的魅力。他打定主意，只走一百步，再多就不走了。数到一百也许能让他平静下来——数数一向能帮他平复心神。另外，只要他这一百步保持一个方向，那么他肯定不至于迷路。迷路就是死亡，这一点他很清楚。不对，整片地方都是死亡。不对，这么说也不公平——这个地方不是充斥着死亡，而是漠然。这个地方对他的生死毫不在意，这里不在乎他姓什么，不在乎他在哪儿上学，甚至对他这个人根本视而不见。他觉得自己有点精神错乱了。

# 7

　　“森林之门。”埃德温脑海中立即浮现出这个短语，但记不清自己是从哪里学来的。听起来像是小时候在哪本书里读到的。古木参天，感觉就像走进了一座主教座堂，但灌木丛繁茂极了，他不得不在其中奋力穿行。他才迈出几步，就停了下来。他看见面前矗立着一棵枫树，粗壮繁盛，这棵树的周围自然形成了一片空地，看起来是一个惬意的去处。他打定主意，就去枫树那里，走出灌木丛，在那儿逗留片刻，然后马上回海滩，从此再也不踏入森林。这就是一次探险，他这么告诉自己，只是他并没有探险的感觉，只感觉到沙龙白珠树的树枝抽打着脸颊。

　　他吃力地朝枫树走去。周围静悄悄的。忽然间，他清楚地意识到有人在看着自己。他转过身，果不其然，是一位神父，离他还不到十米远，一如鬼魅突兀地站在一旁。这个人比埃德温年长，三十出头的样子，一头黑发剪得很短。

"早上好。"埃德温先开了口。

"早上好。"神父跟着寒暄道，"请见谅，我不是故意要吓你一跳。我偶尔喜欢在这儿散散步。"神父的口音让埃德温有些捉摸不透——不太像英国口音，但也不太像其他地方的。不知道这位神父是不是也来自纽芬兰，和埃德温在哈利法克斯的那位女房东是同乡？

"这里看上去的确是个幽静的地方。"埃德温说。

"是啊。我无意打扰你沉思，我只是刚好要回教堂。欢迎你有空过去。"

"凯耶特的那座教堂？可我平常见到的那位神父不是你。"埃德温说。

"我叫罗伯茨，是临时过来顶替派克神父的。"

"我叫埃德温·圣安德鲁。幸会。"

"幸会。日安。"

神父走在灌木丛里，看起来并不比埃德温熟练。他跌跌撞撞地走在树丛中，没过多久就消失了。埃德温独自一人，抬头凝视着树枝。他向前迈了一步……

## 8

　　埃德温眼前漆黑一片，就像突然失明了，又像是出现了日食。他隐约觉得自己置身于一个宽敞的建筑之内，像是在车站或者教堂里，耳边传来了一段小提琴的旋律，身边还有别的人，接着又传来一些令人费解的动静……

$$9$$

等埃德温清醒过来的时候，他已经回到海滩，正跪在坚硬的石头上，呕吐不止。他模糊地记得自己挣扎着冲出森林，莫名地惊慌失措，像是坠入了一场噩梦，被阴影和斑驳的绿色包围着，还有树枝划着脸颊。他哆哆嗦嗦地站起来，朝水边走去。他蹚进水里，直到海水没到膝盖。刺骨的寒意让他精神一振，他这才恢复理智。接着他屈膝跪在水里，洗去脸上和衬衫上的呕吐物。这时，一个浪头打来，他身子一歪，倒了下去。等再站起来的时候，他已经浑身湿透了，还呛了几口海水。

此时，沙滩上只有他一个人，但他看见不远处的建筑里有人影在晃动。神父消失在山上的那座白色教堂里。

## 10

埃德温走到教堂前，看见正门半开着，里面空无一人。圣坛后面的门也敞开着，外面是一处小小的墓园，草木蓊郁，悄无声息，里面立着几块墓碑。他轻轻地走到最后一排长椅旁坐了下来，闭上眼睛，用双手抱住脑袋。这座教堂建成没多久，埃德温还闻得到新鲜木材的清香。

"你掉进海里了？"

说话者的声音很温和，口音还是无从分辨。那位新来的神父（埃德温记得，他叫罗伯茨）正站在长椅的一侧。

"我在水里跪了一会儿，想洗掉脸上的脏东西。"

"你病了吗？"

"没有。我……"埃德温现在再想起来，感觉自己好像有点傻，有点不真实，"我好像在森林里看到了什么东西。就在遇见你之后。

我听到了什么声音。我也不知道。感觉好像是……灵异事件。"细节已经有些模糊了。埃德温走进了森林，然后发生了什么？他记得眼前一片漆黑，有一段音乐，有一种他分辨不出来的动静。然后一瞬间，一切都消失了。那些是真的吗？

"我可以坐下吗？"

"当然。"

神父坐到他旁边："把心事说出来，会不会好一些？"

"我不是天主教徒。"

"我的职责就是帮助从那扇门里走进来的人，不管是谁。"

然而，细节已经逐渐消散了。在森林里遇见怪事的那一刻，埃德温只觉得心惊。但此时，他不自觉地想起了上学时那个特别倒霉的早上。他那时候九岁，也许是十岁。他突然发现自己看不懂面前的文字了，因为一个个字母都在游动，变幻成了没有意义的句子，眼前还飘浮着一个个黑点。他从课桌前站起来，报告说要去找校医，接着就晕倒了。昏迷的时候，他的眼前也是一团漆黑，但也能听见声响，那是一阵喊喊喳喳的声音，就像鸟雀啁啾。他脑子里一片空白，紧接着又感觉自己舒服地躺在家里的床上——大概是潜意识的痴心妄想吧。之后，他就醒了过来，周围安静得出奇。渐渐地，他又听见了响动，就好像有人拧开了音量旋钮，安静变成了喧哗，有其他学生的大喊大叫声，还有老师迅速走过来的脚步声和喊声——"站起来，圣安德鲁，别演了。"那场景与刚才在森林里的那一刻其实也没什么区别吧？他推想，有声响，一片漆黑，和那次是一样的。说不定他就是晕倒了。

"我以为我看到了什么东西，"埃德温缓缓地说，"但我这么一说出来，就意识到也许不是那么回事儿。"

"要是你看到了什么，那你也不是第一个。"罗伯茨温和地说。

"这话是什么意思？"

"没什么，我听过些传闻。"神父说，"应该说，本人听过些传闻。"

这笨拙的更正让埃德温感觉是种伪装，罗伯茨改变了措辞，让自己听起来更像英国人，更像埃德温。这个人有点不对劲，但埃德温又说不出具体是哪里不对劲。

"神父，恕我冒昧地问一句，您是从哪里过来的？"

"很远的地方，"神父回答道，"非常远。"

"好吧，我们每个人都是，对吧？"埃德温有点烦躁，"当然了，除了那些原住民。刚才我们在森林里遇见的时候，你说你是来暂时顶替派克神父的，是吧？"

"他有个姊妹生病了。他是昨天晚上走的。"

埃德温点点头，但这句解释总让人觉得说不通："奇怪了，可我没听说昨天晚上有船离开啊。"

"我有件事要对你坦白。"罗伯茨说。

"洗耳恭听。"

"在森林里遇见你的时候，我说我要回教堂，其实呢，我一边往回走，一边回头看了一眼。"

埃德温目不转睛地望着他："你看见什么了？"

"我看见你走到了一棵枫树下，你抬起头，看向树枝，然后——这么说吧，我感觉你好像看到了什么东西，而我看不到。那里有什么东西吗？"

"我看见……哎，我以为我看见了——"

罗伯茨注视埃德温的目光是那么专注，在这个安静的单间教堂里，在西方世界的最边缘，埃德温莫名地不寒而栗。埃德温还是有点不舒服，头上一跳一跳地疼，而且极其疲惫。他不想再说什么了，只想躺下来。罗伯茨的出现让他觉得莫名其妙。

"如果派克是昨天晚上离开的，那他只能是游泳走的。"埃德温说。

"他真的走了，我保证。"罗伯茨说。

"神父，您知道这个地方有多渴望听到新闻吗？真的，任何新闻都可以。我就住在那间寄宿公寓。要是昨天晚上有船出海，那我吃早饭的时候就该听说了。"埃德温顺理成章地想到了另一件事，并转向罗伯茨，"说起我应该听说过的新闻，你又是怎么过来的？最近一两天都没有船靠岸，所以我是不是应该推测你是顺着森林一路漫步过来的？"

"这个嘛，"罗伯茨说，"我不觉得我的交通方式有什么值得讨论的——"

埃德温站了起来，罗伯茨只好也跟着站了起来。神父退到了侧廊上，埃德温擦着神父的肩膀走了过去。

"埃德温。"罗伯茨喊了他一声，但埃德温已经走到门口了。一位神父正沿着从路面通向教堂的台阶走来，是派克神父，刚从罐头厂或伐木场回来，太阳照得他那头白发银光闪闪。

埃德温扭过头，看见教堂里空无一人，后门敞开着。罗伯茨溜走了。

# 二　米蕾拉和文森特

# 1

　　"我想给你们看一段奇怪的东西。"台上那个作曲家在一个极其有限的小众领域里颇有名气。换句话说，他走在街上绝对不用担心被人认出来，但在两个不大的亚文化艺术圈子里，很多人都知道他的名字。他显然很不自在，靠近麦克风的时候满头是汗。"我妹妹以前喜欢录视频。下面这段视频是我在她去世之后找到的，里面像是出了点小故障，我一直无法解释。"他沉默了片刻，伸手调了调键盘上的一个旋钮，"我写了一段配乐，但在那个小故障前面，音乐会停下来，好让我们纯粹地欣赏技术的缺憾之美。"

　　音乐先响了起来，是一段梦幻般澎湃的弦乐，隐约能分辨出表面之下静电的噪声，接着视频开始了：他的妹妹举着相机，沿着一条幽暗的森林小径，走向一棵古老的枫树。她走到树下，仰起镜头对准了上方。画面中，绿叶迎着阳光和微风闪闪烁烁。接着，音乐戛然而止，仿佛下一拍就是寂静。之后的一拍是黑暗，屏幕全黑了，在那一瞬间，响起了一段彼此交织的杂音——几个小提琴的音符，一段隐约的喧闹声，像是在大城市的火车站里，还有一阵奇怪的嗖嗖声，是那种液压系统的噪声。一眨眼的工夫，一切都消失了。枫树又出现在镜头里，接着是一段乱七八糟的画面，音乐家的妹妹好像正慌张地四处张望，忘了自己手里还拿着相机。

作曲家的音乐重新响起，视频无缝衔接般地转到了他近期的作品上。这段录像是作曲家自己拍的，在五六分钟的时间里，镜头里只有多伦多的一个丑陋不堪的街角，配的管弦乐却在极力展现其背后隐藏的美。作曲家卖力地演奏，在键盘上敲出一串音符，一拍之后呈现出来的是小提琴声，音乐的层次不断增加，多伦多的街角在他头上流逝。

在观众席的前排，米蕾拉·凯斯勒泪流满面。音乐家的妹妹文森特以前和米蕾拉是朋友，但米蕾拉之前并不知道文森特死了。米蕾拉不久之后就离开了音乐厅，在女士休息室待了一阵子，想让自己平静下来。深呼吸，再补一个浓妆。"稳住，"她对着镜子中的自己大声说，"稳住。"

她之所以来听这场音乐会，本来是想找作曲家聊聊，跟他打听文森特的下落。她有几个问题想问文森特。在她另一个版本的人生中（太遥远了，现在想起来就像是一个童话故事），米蕾拉有一个丈夫，叫费萨尔。米蕾拉、费萨尔、文森特、文森特的丈夫乔纳森，几人都是朋友。他们过了几年精彩的日子，到处旅行，尽情享受。之后，灯光熄灭了。乔纳森的投资基金原来是一场庞氏骗局。费萨尔承受不了自己一无所有的事实，选择了自杀。

从那以后，米蕾拉就再也没有和文森特说过话。文森特怎么可能不知道真相呢？可是，费萨尔去世十年之后，有一天，米蕾拉和伴侣路易莎在一家餐馆里聊天，她第一次对此产生了怀疑。

当时两个人正在切尔西的一家面馆里吃晚餐。路易莎说她意外地收到了姨妈杰琪寄来的生日贺卡，米蕾拉一直没见过这位姨妈，因为不管是什么时候，路易莎总有一半亲戚在闹矛盾。"杰琪姨妈大多数时候都很招人讨厌。"路易莎说，"不过要我说，她这也是打娘胎里就带来的。"

"怎么了，她发生什么事了？"

"我没跟你说过这事吗？都能载入史册了。她老公在外面还有一个家。"

"真的？简直跟电视剧里一样。"

"更精彩的还在后头呢。"路易莎说着，往前凑了凑身子，甩出了那句包袱，"他把另一个家安在了街对面。"

"什么？"

"没错，不可思议吧。好了，"路易莎说，"设想一下，一个搞对冲基金的家伙，住着公园大道的公寓，老婆不上班，两个孩子念私立学校，在上东区最好的地段。然后有一天，杰琪姨妈查运通卡的账单，发现有一笔转给私立学校的学费，不是两个孩子念的那两所学校。她把账单拿给迈克姨父看，意思是'这是疯了吧'。听说迈克差点当场心脏病发。"

"接着说。"

"我那两个表亲，当时在念八九年级吧，后来才知道，迈克姨父还有一个在上幼儿园的孩子，就住在街对面。他给那个五岁的孩子交学费的时候刷错了运通卡。"

"等一下，真的就住在街对面吗？"

"没错，两栋楼正对着。那两个地方的门卫八成几年前就知道了。"

米蕾拉问："她怎么可能不知道呢？"那段过去似乎把米蕾拉整个吞没了，这个"她"指的是文森特。

"一个整天加班的男人什么都能瞒得住。"路易莎说，她还在说姨妈的事，并没有注意到米蕾拉心不在焉，"算你走运，我不上班。"

"算我走运？"米蕾拉重复了一句，又亲了亲路易莎的手，"这事真是难以置信。"

"最让我震惊的是街对面的事。"路易莎说，"这地理位置真是胆大包天啊。"

"我不知道该说这是特别懒还是特别高效。"米蕾拉装作在餐馆里专心吃着面条，其实她的心思已经飘远了。文森特当时发誓说不知道自己的丈夫犯了罪，在被删掉的几条语音留言和一份书面证词里，她都是一个说法。

"米蕾拉，"路易莎轻轻地按住了米蕾拉的手腕，"你走神了。"

米蕾拉叹了口气，接着放下了筷子。

"我有没有跟你说过我那个朋友，叫文森特？"

"是搞庞氏骗局那家伙的老婆吧？"

"没错。你姨妈的事让我想起了她。我有没有跟你说过我后来又见过她一次？是在费萨尔死后。"

路易莎瞪大了眼睛："没有。"

"当时距离他去世有一年多了，是 2010 年三四月。我和几个朋友去了一间酒吧，文森特正好在那儿当调酒师。"

"天哪！你跟她说什么了？"

"什么也没说。"米蕾拉说。

她一开始并没有认出文森特。做富太太的那几年，和别的"花瓶妻子"一样，文森特留着一头长长的卷发。而在酒吧里，她的头发剪得特别短，还戴了眼镜，而且没化妆。当时米蕾拉觉得文森特在用这种伪装来证明自己无罪（"你当然要掩人耳目了，你这个人面兽心的家伙"）。但此刻，米蕾拉有些拿不准了：关于短发、眼镜、不化妆，还有另一个合理的解释，因为进来的客人随时都可能是被她丈夫骗了的投资者。在那段日子里，曼哈顿遍地都是上当受骗的投资者。

"我当时装作不认识她，"米蕾拉对路易莎说，"可能是想报复她吧。我当时不太理智。她一直说自己不知道乔纳森做了什么，可我总觉得，'你肯定知道。你怎么可能不知道呢？你明明知道，还让费萨尔失去了一切，现在他死了'。在那段日子里，我只有这一个想法。"

路易莎点了点头："按理说，她是会知道的。"

"可要是她确实不知道呢？"

"她有可能不知道吗？"路易莎问。

"当时我觉得不可能。不过你刚刚跟我说了你姨妈的不幸遭遇，要是你能欺骗一个五岁的孩子，那你就也能隐瞒一场庞氏骗局。"

路易莎隔着桌子握住了米蕾拉的两只手："你应该找她聊聊。"

"我根本不知道她在哪儿。"

"都 2019 年了，"路易莎说，"没人能把自己藏起来。"

可是文森特做到了。那时米蕾拉在联合广场附近的一个高端瓷砖样品间当前台，那种地方只需要几个顾客就够了，因为在那里花钱的人每次都是几万几万地消费。和路易莎吃过饭的第二天上午，米蕾拉在汽车那么大的前台后面无所事事，于是开始上网找关于文森特的消息。她一开始搜的是文森特丈夫的姓氏。输入"文森特·奥凯提思"，查询结果只有一些从前的社交照片，包括米蕾拉参加派对、宴会的照片。还有好几页是文森特现身她丈夫在量刑听证会时的场景，她面无表情，穿着一身灰西服。除此之外，米蕾拉什么都找不到。最新的照片是 2011 年的。搜索"文森特·史密斯"，显示出来的有几十个人，大多数是男人，没有一个是米蕾拉要找的那个文森特。她在社交媒体上找不到文森特，在其他地方也找不到。

她靠在椅子上，心情沮丧。办公桌上方，高高的天花板上有一盏灯正嗡嗡响。米蕾拉上班的时候妆化得很浓，一到下午，坐得累了，有时候她会觉得自己的脸很沉。在用白瓷砖铺成的销售大厅里，一个孤零零的销售正在给一位客人展示公司主打的复合材料，你能想到的颜色，他们都有。那种复合材料看起来像石料，其实不是。

文森特的父母多年前就去世了，不过她有一个哥哥。要捞出这个哥哥的名字就要潜入回忆的深海，而米蕾拉一般不情愿这么做。她朝门口瞥了一眼，确定没有顾客进来，然后闭上眼睛，深吸了两口气，接着在谷歌里打出了"保罗·史密斯＋作曲家"。

就这样，四个月之后，米蕾拉出现在了布鲁克林音乐学院，在后台入口守着保罗·詹姆斯·史密斯。她本来希望能从他那儿打听到文森特的下落，结果却听说文森特死了，这意味着这次谈话和预想的要大不一样了。后台入口设在一条安静的住宅街道上。米蕾拉一边等一边来回踱步，她没有走出太远，就在左右两边一两米的范围内徘徊。虽然才一月末，天气却反常地暖和，温度远高于冰点。和她一起守在那儿的只有一个人——一个男人，和她年纪相仿，也是三十五岁左右，穿着牛仔裤和一件毫无特色的夹克，衣服大得不合身。对方朝她点头致意，她也点了点头，两个人于是一起尴尬地在那儿等着。过了一阵子，几个工作人员走了出来，对他们看也没看一眼。

之后，文森特的哥哥终于出来了。他的样子有点憔悴，不过平心而论，在橙色的街灯之下，谁看起来都不是特别健康。

"保罗——"米蕾拉开口的同时，另外那个男人说了一句"打扰了——"接着米蕾拉和那个男人彼此交换了一个歉意的眼神，都没再说话。保罗来回打量着他们两个。又有一个男人快步走了过来，这个人皮肤苍白，戴着一顶费多拉礼帽，穿了件战壕风衣。

"你们好。"保罗对他们三个打了一声招呼。

"您好！"刚来的男人应了一句。他摘下帽子，露出差不多光秃秃的脑袋。"我叫丹尼尔·麦康纳基，是您的忠实粉丝。演出太精彩了。"

保罗的个子似乎立刻高了几厘米，神采也亮了几"瓦特"。他走过去和那人握了握手，说："谢谢，见到粉丝我总是很高兴。"他满怀期待地依次望向米蕾拉和那个穿大号衣服的家伙。

"我叫加斯珀里·罗伯茨。"那个穿大号衣服的家伙说，"演出太棒了。"

"我无意冒犯，"那个戴费多拉礼帽的男人插嘴说，"我不是嫌你手脏什么的，只不过肺炎那事上了新闻之后，我用普瑞来①用习惯了。"他一边搓着双手，一边露出歉意的微笑。

"物媒不是 COVID-19 的主要传播途径。"加斯珀里说。物媒？COVID-19？这两个词米蕾拉一个都没听过，另外两个人也皱起了眉头。"哦，对了，"加斯珀里好像在自言自语，"现在才一月。"他一下子回过神来，"保罗，我能不能请你喝一杯？关于你的作品，我有几个问题想问问你。"加斯珀里说话略带一点口音，但米蕾拉分辨不出来。

"好极了。"保罗说，"我绝对可以来上一杯。"保罗接着望向了米蕾拉。

"我叫米蕾拉·凯斯勒。"她开口说，"我以前是你妹妹的朋友。"

"文森特。"他轻声说了一句。米蕾拉不太读得懂他的表情，

---

①免洗洗手液品牌。

他的脸上有悲伤，还有一丝鬼祟的神色一闪而过。一时间大家都一语不发。"嘿，"保罗故作轻松地说，"不如咱们一块儿去喝一杯吧？"

　　他们走出几个街区，来到了一家法国小餐馆。街对面是一座公园，从米蕾拉的角度望去，那更像是一座小山，被一面高高的砖砌挡土墙勉强拦在外面。她对布鲁克林一无所知，因此觉得一切都神神秘秘。她没有什么参照点，只是隐约觉得，要是她走出餐馆，曼哈顿那些大厦的尖顶应该是在左手边。得知文森特的死讯之后，她先是不敢相信，震惊的感觉消散一些之后，取而代之的是无尽的疲倦。坐在她旁边的是那个戴着费多拉礼帽的人，名字她已经忘了。加斯珀里坐在她正对面，挨着保罗。戴着费多拉礼帽的人说个没完，称赞保罗才华横溢，说保罗明显受了某某的影响，得到了沃霍尔的艺术启发，诸如此类的；他从一开始就喜欢保罗的作品，保罗和那个视频艺术家——叫什么来着？他们的那次实验合作是突破性的，就是在迈阿密巴塞尔艺术展那次；后来保罗出人意料地开始自己拍视频，不再和别人合作，又是一次飞跃；等等。保罗听得容光焕发，他喜欢听到赞美。不过，有谁不喜欢呢？米蕾拉对着窗户，目光总是不由自主地从加斯珀里的肩头飘向公园。要是发生地震，挡土墙垮了，砖块会不会漫到街对面，把餐馆给埋了？她听到了文森特的名字，这才把思绪收回来。

　　"听说今天晚上那段奇怪的视频是你妹妹文森特拍的？"说话的是加斯珀里。米蕾拉一下子就记住了加斯珀里的名字，因为她以前从没听过有人叫这样的名字。

保罗笑了两声："不如说说我有哪段视频不奇怪吧。去年有个人采访我，那家伙不停地说我'自成一派'，最后我忍不住说：'老兄，你直接说奇怪得了。奇怪、诡异、神经，随便你怎么说。'那之后，采访就顺利多了。"他被自己的这段趣事逗得哈哈大笑，那个戴费多拉礼帽的人也跟着笑。

加斯珀里微微笑了笑，锲而不舍地说道："我是说森林小径那段视频。中间一团漆黑，还有奇怪的杂音。"

"哦。没错，那一段是文森特拍的。她说我可以拿去用。"

"是在你长大的地方拍的吗？"加斯珀里问。

"你是有备而来嘛。"保罗赞许地说。

加斯珀里点头承认了："你是从不列颠哥伦比亚省来的，是吧？"

"没错。一个叫凯耶特的小地方，在温哥华岛北边。"

"哦，那离爱德华王子岛很近。"戴费多拉礼帽的人自信地说。①

"不过我其实不是在那儿长大的。"保罗好像没听见他说的话，"文森特是。我俩是同父异母的兄妹，我只有暑假过去住，再就是隔一年的圣诞节过去一次。总之，没错，视频就是在那儿拍的。"

"视频里那一……一瞬间，"加斯珀里说，"就说异常吧，因为我没有更恰当的词了。你有没有见过类似的情况？"

"只有嗑了 LSD②的时候见过。"保罗回答说。

---

①爱德华王子岛和温哥华岛分别位于加拿大东西两岸。

②LSD，麦角酸二乙基酰胺，一种强烈的半人工致幻剂，属于违禁药品。

"哦，"戴费多拉礼帽的人顿时眼前一亮，"我还不知道你的作品也受了迷幻文化的影响呢。"他身子向前凑了凑，像在分享秘密，"很多东西其实只是幻觉，对吧？"

加斯珀里朝戴费多拉礼帽的人投去了不安的一瞥。米蕾拉一边等着适当的机会开口问文森特的事，一边观察加斯珀里。加斯珀里像是来自异国他乡，但她想不明白这是怎么回事。

"而一旦你明白了这个道理，"戴费多拉礼帽的人还在说个不停，"一切就都迎刃而解了，对吧？我有个哥们，总是费尽心思地想戒烟。那家伙戒了能有七八次，根本没戏，就是戒不了。后来有一天，他嗑了 LSD，砰！第二天晚上，他给我打电话说：'发生奇迹了，我今天一整天连抽烟的念头都没有。'实话告诉你吧，这是——"

"她是怎么出的事？"米蕾拉问保罗。她知道这样很没礼貌，可她不在乎。她坐在那儿，沉浸在悲痛之中，正一分一秒地老去，而她想知道她的朋友出了什么事，然后她就可以起身离开这些人了。

保罗冲她眨了眨眼睛，好像忘了她还坐在那儿。

"她从船上掉到海里去了。"他说，"差不多是一年半之前的事儿——不对，有两年了。上个月正好满两年。"

"是什么船？游轮吗？"

戴费多拉礼帽的人气呼呼地瞪着自己那杯酒，但加斯珀里正饶有兴趣地听着他们两个人说话。

"不是，她当时……不知道你对她在纽约的遭遇了解多少？"

保罗说，"就是她丈夫那件耸人听闻的事，那人其实是个骗子——"

"我前夫是那场庞氏骗局的受害者，"米蕾拉说，"我对那件事一清二楚。"

"老天爷，"保罗感叹道，"那他——"

"等一下，"戴费多拉礼帽的人插嘴道，"你们说的是乔纳森·奥凯提思吧？"

"对，"保罗说，"那事你也知道？"

"那场犯罪简直匪夷所思，"戴费多拉礼帽的人说，"骗了多少钱？二百亿美元？还是三百亿美元？我还记得新闻爆出来的时候我在干什么。我妈打电话来，说我爸的退休存款被——"

"你刚刚说她当时在船上。"米蕾拉打断了戴费多拉礼帽的那位。

保罗又眨了眨眼睛："对，没错。"

"你总爱打断别人说话，这是毛病，"戴费多拉礼帽的人说，"我无意冒犯。"

"又没人跟你说话，"米蕾拉说，"我在问保罗。"

"对，当时我和文森特，我们有几年没联络了。"保罗说，"后来乔纳森抛下了她，逃到了国外。之后文森特大概是上了培训课，拿了证，之后就到一艘集装箱船上当了厨师。"

"哦，"米蕾拉说，"哇。"

"听起来挺有意思的，是吧？"

"她是怎么出事的？"

"谁都不清楚。"保罗说，"她从船上消失了，看起来是意外。

尸体也找不到。"

米蕾拉不知道自己会哭，直到她感觉眼泪正顺着脸颊滑落。桌旁的三个男人看起来都极度不自在，只有加斯珀里想起来给她递一张餐巾纸。

"她是溺水而死的？"她说。

"不错。我是说，应该是吧。他们当时距离陆地有几百千米。当时天气很糟糕，她就那么不知所终了。"

"她最害怕的就是溺水而死。"米蕾拉用餐巾纸在脸上点了点。在寂静中，餐馆里小小的嘈杂声包围了他们：邻桌的一对夫妻用法语轻声争执，厨房里传来叮叮当当的响动，卫生间的门关上了。

"好吧，"米蕾拉说，"谢谢你告诉我这些，也谢谢你请我喝酒。"她不知道这一顿是谁请客，总之不是她。她站起身，头也不回地走出了餐馆。

米蕾拉站在门外，完全没有方向感。她知道自己应该叫一辆车，直接回家睡觉，而不是做蠢事，比如天黑之后还在一个陌生的地方散步——可是文森特死了。米蕾拉想找个地方坐一会儿，好整理思绪。她打定了主意。她感觉这片街区还算安全，而且时间也不算太晚，何况没有什么东西能让她害怕。于是她穿过街道，走进了公园。

公园里很安静，但不是无人问津。路灯的光圈中不断有人影掠过：互相搂着肩膀的情侣、三五成群的朋友，还有一个自顾自唱歌的女人。米蕾拉感觉到空气中蔓延着一触即发的威胁，不过目标不

是她。文森特居然死了？这不可能，一切都说不通。她找了一条长
椅坐了下来，戴上耳机。这样一来，要是有人跟她说话，她就可以
装作听不见。只要她下了决心，别人就看不见她。她就在这儿坐一
会儿，想想文森特的事，或者找一个办法，让自己不再想文森特的
事，然后就回家睡觉。可她的思绪又转到了乔纳森身上，文森特的
前夫现在就在迪拜的一家高档酒店里活得好好的。一想到这个人在
那里（不管究竟在哪里），叫客房服务，吩咐换床单，在酒店泳池
里游泳，而文森特死了，她就觉得天理难容。

一个男人走到她面前，坐在了长椅上。她一转头，认出是加斯
珀里，于是摘下了耳机。

"请见谅，"他说，"我看见你进了公园。虽然这片社区并不危
险，不过——"他没有把话说完，因为没有必要。对一个入夜后独
自待在公园里的女性来说，不论在哪片社区都有危险。

"你是什么人？"米蕾拉问。

"我算是个调查员吧。"加斯珀里说，"要是我全都说出来，你
一定会把我当成疯子。"

米蕾拉这会儿觉得他有点面熟，他的侧脸隐约唤起了她的一段
久远的记忆，不过她一时还是想不起来。

"你在调查什么？"

"我对你实话实说吧，我感兴趣的不是史密斯先生，也不是他
的艺术。"加斯珀里说。

"我也是。"

"我感兴趣的是，怎么说呢，是某种异常。就像视频里画面一

片漆黑的那一瞬间。我在后台入口等他，就是想问问这件事。"

"那一段确实奇怪。"

"不介意我问一句吧？你的朋友有没有和你聊起过这件事？毕竟视频是她拍的。"

"没有，"米蕾拉回答说，"我印象里没有。"

"这也说得通，"加斯珀里说，"她拍那段视频的时候，年纪应该还很小。小时候见过的东西，有时候长大了就不记得了。"

"小时候见过的东西。"米蕾拉想。

"我觉得我见过你。"米蕾拉说。借着昏暗的灯光，她注视着那张侧脸。加斯珀里转过头来看着她，这时她全都想起来了："是在俄亥俄州。"

"看你的样子，好像见了鬼似的。"

她站了起来。"你当时在立交桥下面的桥洞里。"她说，"在俄亥俄州，那时候我还是个小孩。那个人就是你，是吧？"

他皱着眉头说："我觉得你认错人了。"

"没有，我觉得那人就是你。你当时在桥洞里。很快警察就赶了过去，把你逮捕了。你当时叫出了我的名字。"

但他困惑的表情不像是装出来的。"米蕾拉，我——"

"我得走了。"她飞快地离开了，不是跑，而是迈出那种飞也似的无人敢挡的步子，这是她在纽约市生活多年练就的。她就这样冲出公园，回到了街上。那家法国餐馆像一只发光的鱼缸，戴费多拉礼帽的人和文森特的哥哥还在里面聊得起劲。加斯珀里没有跟上来。她庆幸对方穿了白衬衫，因此在黑暗中他会很显眼。她冲进了一条住宅街道的阴影里，快步经过路灯下古香古色的褐砂石建筑，经过铁栏杆和古树。她加快步子，走向前面灯火通明的商业街。一辆黄色出租车刚好驶过十字路口，像战车一般。在布鲁克林能打到黄色出租车，这简直是奇迹！她拦下出租车，钻进了车里。片刻之后，出租车从布鲁克林大桥飞驰而过，米蕾拉在后座上不出声地哭泣。司机从后视镜里瞥了她一眼，什么也没说。在这座拥挤的城市中，陌生人总是那么彬彬有礼。

2

小时候，米蕾拉、母亲和姐姐苏珊娜住在俄亥俄州远郊的一栋联排房子里。那片地方被规划成了露天购物中心和仓储超市，沃尔玛停车场后面连着农田。几千米之外有一座监狱。米蕾拉的母亲打两份工，所以很少在家。母亲每天只睡几个小时，哪怕是冬天天还没亮的时候，她都要一大早就爬起来，给两个女儿的早餐燕麦里倒上牛奶，帮她们梳好头发，自己睡眼惺忪地喝掉一杯咖啡，然后开车送女儿上学。她会和两个女儿吻别，之后的十个小时，女儿们就在学校里度过——提前到校、上课、课后托管。晚上放学，她们自己坐校车，在离家不到一千米的地方下车。

这段路并不安全。姐妹俩需要经过一个立交桥下面的桥洞。米蕾拉很害怕这个桥洞。不过在她住在那儿的那些年里，也就是从五岁起到十六岁辍学，搭公交去纽约市为止，其间真正可怕的事只有那么一件。那时候米蕾拉九岁，苏珊娜十一岁。校车出站的时候，她们确实听到了枪声，不过也是在事后回想时才反应过来那是枪响。当时，姐妹俩在冬日的暮色中面面相觑，苏珊娜耸了耸肩膀说："八成是汽车回火之类的吧。"不管姐姐说什么，米蕾拉都深信不疑，于是她握住姐姐的手，两个人一起向前走去。下雪了。桥洞的入口宛如一个黢黑的洞穴，等着把她们一口吞掉。米蕾拉默默告诉自己："没事的，没事的，没事的。"因为一向都没事，但唯独这一次出事了。她们走进阴暗的桥洞，这时那个声音再一次传来，而且出奇地响。两个人停下了脚步。

就在几米之外，有两个男人躺在地上。其中一个人一动不动，另一个人的身子在不停地抽搐。光线很昏暗，因此虽然距离很近，米蕾拉也看不清楚那两个人究竟是怎么了。第三个人软绵绵地倚着墙坐着，一只手里松松地握着一把手枪。第四个人逃走了——他的脚步声在桥洞里回荡。米蕾拉只瞥见他手忙脚乱地爬上了桥洞另一头的路基，一眨眼的工夫就不见了。

有好一阵子，所有人——米蕾拉、苏珊娜、拿枪的人和地上那两个死了的抑或垂死的人，都僵在原地，形成了一幅冬日景物画。过了有多久？感觉像没有尽头。几个小时，几天。拿枪的人好像迷迷糊糊地在打瞌睡，有一两回他的脑袋还直往前栽。接着，警灯亮了起来，红蓝两色的灯光照在他身上，看来是把他晃醒了。他瞪着手里的枪，好像弄不明白枪是哪儿来的。接着，他转过头，径直望向两个女孩。

"米蕾拉。"他唤了一声。

　　之后是一阵叫嚷、一片混乱，一群穿着深色制服的人冲了过来。"放下武器！放下武器！"虽然那件事是客观事实，警察也询问了米蕾拉和苏珊娜，而且第二天的报纸上确实报道了这条新闻，标题为《立交桥下两人中枪死亡：嫌犯被捕》，但是之后的几年里，米蕾拉很容易就说服了自己，觉得最后那一段只是她自己幻想出来的，那个男人并没有叫出她的名字。他怎么可能知道她的名字呢？苏珊娜说自己什么也没听见。

　　但多年之后，坐在开往曼哈顿的出租车后座上，在四平八稳的后半生中，米蕾拉百分之百地肯定：桥洞里的那个人就是加斯珀里·罗伯茨。

　　她闭上眼睛，想放松下来，这时她握在手里的手机震了一下。是路易莎发来的短信："你还来杰西的派对吗？"

　　她过了一会儿才想起回短信："在路上了。"然后对着后视镜挥了挥手，示意司机有事。

　　"不好意思。"

　　"女士，怎么了？"司机有点警惕，毕竟她刚才一直在哭。

　　"麻烦改去另一个地址，我要去苏豪区。"

## 3

　　米蕾拉一直走到派对场所的最里面，才找到路易莎。路易莎正在露台上抽烟。说是露台，其实只是一小块沥青屋顶。她吻了吻路易莎，然后尴尬地坐在路易莎旁边那条窄窄的石凳上。

　　"你今天过得怎么样？"路易莎问。两个人不住在一起，不过相处的时间很多。

　　米蕾拉回答道："一点也不赖。"她不想跟路易莎说那件事，于是撒了谎。随随便便就对路易莎说了谎，这让她心生不安。她知道，把两个人放在一起比较是不公平的，这人人都知道。但此时此刻，她面临一个难题——她觉得路易莎远没有文森特让她感兴趣。路易莎有一种未经世事的单纯，她被保护得很好，从来没有接触过生活的棱角，可现在这种性格没有以前那么吸引人了。"我有点累了，"米蕾拉说，"昨天晚上没怎么睡好。"

"怎么了？"

"我也不知道，偶尔会有两天睡不好。"

这个晚上对米蕾拉来说还有另一个难题：这是杰西的派对，杰西是米蕾拉的朋友，而不是路易莎的。在米蕾拉从前的生活中，在那段很久之前的、一切都截然不同的生活中，她和费萨尔一起来过这个露台。和那时一样，如今这里也装饰着圣诞小彩灯和盆栽棕榈，但还是有点像置身洞底。米蕾拉和与费萨尔相处的那段岁月中的几个朋友保持联系就是有这个坏处——随时可能来到那种使自己不由自主地陷入前半生回忆的地方，而这片露台正是那种地方。另一天晚上，另一场派对——是十四年前吗？还是十三年前？她和文森特站在这里，醉眼蒙眬地仰着脖子，注视着那一小片漆黑的夜空，因为文森特非说自己能看见北极星。

"就在那儿，"文森特说，"看那儿，顺着我的手指。不是特别亮。"

"那是卫星吧？"米蕾拉说。

"哪个是卫星？"费萨尔边问边走上了露台。他们两个人是各自过来的。这一天以来，米蕾拉还是第一次见到他。米蕾拉吻了吻费萨尔，不过还是注意到文森特扭头看了他们一眼，接着把目光投向了夜空。米蕾拉和文森特有一点不同，那就是米蕾拉和丈夫是真心相爱的。

"就在那儿。"米蕾拉说着用手一指，"还在动，是吧？"

费萨尔眯着眼睛看了一会儿，说："姑且相信你说的吧。我觉得我得重新配一副眼镜了。"他搂着米蕾拉的腰，环视了一下窄小的空间，感叹说："哇，这是个十足的波希米亚风消防死角啊。"

这话不假。这里四面都围着建筑，有三面墙属于旁边的建筑，剩下那一面墙上开着一扇门，里面正在开派对。多年之后，米蕾拉又坐在这里，身边的人换成了路易莎。米蕾拉忍不住眨了一下眼睛，免得想到费萨尔仰望着夜空的画面。

"你今天都做什么了？"路易莎问。

米蕾拉曾经很喜欢路易莎问自己问题，她一度觉得自己得到了上天的眷顾，身边能有这样一个人，总是关心她，想了解她，对她一天做的所有事都充满兴趣——但今天晚上，她觉得自己很没有隐私。

"散步，洗衣服。差不多刷了一天的社交软件。"她突然想起来，桥洞里那个人不可能是加斯珀里，因为那是几十年前的事了，而他一点也没老。

"这就心满意足了？"

"当然没有。"米蕾拉的语气有点尖锐，她是无心的。路易莎诧异地看了她一眼。

"咱们去散散心吧，"路易莎说，"比如租一个乡间别墅，出城去住几天。"

"好主意。"米蕾拉嘴里这么说，心里却暗暗吃惊，因为她听到路易莎的提议时，心中涌起了一阵不快。她明白过来，自己根本不想和路易莎去乡间别墅。

"不过首先呢，"路易莎说，"我得再来一杯。"她回屋去了，米蕾拉一个人坐了一会儿。接着有一个女人过来借火，作为回报，她主动说要给米蕾拉算命。米蕾拉按照女人的话，伸出两只手，手心朝上。尴尬的是，米蕾拉的手一直在抖。为什么她不喜欢路易莎了，这么突然，这么彻底？为什么俄亥俄州桥洞里那个人在这么多年之后出现在了纽约？为什么文森特死了？算命的女人也伸出两只手，和她掌心相对，几乎贴到了一起，接着闭上了眼睛。米蕾拉很高兴，这样自己就可以尽情观察她了。她比米蕾拉一开始以为的要老，三十多岁的样子，脸上的几道皱纹清晰可见。她身上披了好几条围巾，很复杂地搭在一起。

"你从哪儿来？"女人问。

"俄亥俄。"

"不是，我是问你出生的地方。"

"还是俄亥俄。"

"哦。我以为你有口音呢。"

"这就是俄亥俄口音。"

女人仍然闭着眼睛。

"你有一个秘密。"她说。

"谁没有秘密？"

女人睁开了眼睛："你把你的秘密告诉我，我也把我的秘密告诉你，然后我们就后会无期。"

这个提议很诱人。"可以，"米蕾拉说，"不过得你先说。"

"我的秘密是，我讨厌人。"女人的语气十分真诚，米蕾拉第一次对她产生了好感。

"是所有人吗？"

"所有人，不过也许有三个例外吧。"她接着说，"该你了。"

"我的秘密是，我想杀掉一个人。"这是真心话吗？米蕾拉不敢肯定。听起来像是真的。

女人的目光在米蕾拉脸上扫来扫去，好像是要分辨她是不是在开玩笑。"是一个具体的对象吗？"女人试探着露出一个微笑（"你是在开玩笑，对吧？拜托告诉我说你就是在开玩笑"），但米蕾拉没有报之以微笑。

"对，"她说，"是具体的对象。"米蕾拉说出这句话之后，这个念头也就成真了。

"那人叫什么？"

"乔纳森·奥凯提思。"她上一次说出这个名字是什么时候？她又暗暗念了一遍这个名字，这一次要平静一些。"其实我可能只是想找他聊聊。我也不知道。"

"这区别可够大的。"女人说。

"是啊。"米蕾拉闭上眼睛，隔开了漆黑的夜空、派对的喧嚣、香烟的气味，还有算命师的面孔，"看来我应该拿个主意。"

"好吧，"女人说，"谢谢你借火给我。"她轻轻地从米蕾拉身边走开，穿过敞开的门，消失在派对里，就像穿过一扇传送门，进入了迷失的世界。夜里很冷，纽约市的上空挂着一轮明月。米蕾拉站在那儿看了一会儿月色，接着转身回到屋里。那些抽象的颜色、涌动的人潮和光线，让她觉得这场派对像是自己以前做的一个梦。路易莎正在客厅里跳舞。米蕾拉站在一旁看了她一会儿，然后从人群中走了过去。

"我的头有点疼，"米蕾拉说，"我想先走了。"

路易莎吻了吻她。米蕾拉知道，她们的关系结束了。她一点感觉也没有。"记得给我打电话。"路易莎说。

米蕾拉用法语说了一句"再见"，便挤开人群，朝门的方向退去。而路易莎不会说法语，没有明白米蕾拉的意思，但还是给了她一个飞吻。

三　　地球上的最后一次
　　　巡回售书

2203

巡回售书的第一站是纽约市，奥利芙在两家书店里做了两场签售，书商晚宴之前，还有一个小时的空闲时间，于是她来到中央公园散步。暮色下的绵羊草地①：银色的光线，草地上的湿叶子。天上，低空飞艇川流不息。远处，一架通勤班机正朝殖民地飞去，划出了流星般的尾迹。

奥利芙停下脚步，找了一会儿方向，接着走向了达科他大楼古老的双重剪影。大楼后面，百层高楼巍然耸立。

奥利芙的新公关阿莱塔正在达科他大楼里等她。阿莱塔负责奥利芙在大西洋共和国的所有活动，她比奥利芙年轻一点，总是毕恭

①纽约市中央公园里的一处草地，名为绵羊草地，是公园中一处很受游客欢迎的景点。

毕敬的，这让奥利芙有些不自在。奥利芙刚走进大堂，阿莱塔就马上站了起来，和阿莱塔说话的那个全息影像也立即关闭了。"你在公园里逛得怎么样？"阿莱塔一边问一边露出微笑，等待着肯定的回答。

"很愉快，谢谢。"奥利芙回答道。她的下半句是"弄得我也想住在地球上了"，但她没有说出口，因为她上次对一个组织者吐露了心声，事后在餐桌上被当众说了出来——"你们知道在过来的路上，奥利芙对我说什么了吗？"蒙特利尔的一个图书管理员对着餐厅里一桌子翘首以盼的图书管理员，上气不接下气地说，"她跟我说她做讲座之前有点紧张！"所以，奥利芙给自己定了一条规矩：绝不再透露哪怕一丁点个人感情，对任何人都不行。

"那好，"阿莱塔说，"我们好像应该过去了。要走六七个街区，不然我们就……"

"我很乐意走着过去，"奥利芙说，"要是你不介意的话。"两个人于是一起走进了这座银城。

奥利芙是不是当真希望住在地球上呢？她对这个问题摇摆不定。她从小到大都生活在一百五十平方千米大小的第二个月球殖民地，这个殖民地有个富有想象力的名字：二号殖民地。她一直觉得那里很美——白色石头建成的城市，有竖着尖塔的办公楼、绿树成荫的街道和小公园，居民区既有高楼，也有铺着迷你草坪的平房，河水从人行牌楼底下流过。那些缺乏规划的城市自有其迷人之处，但二号殖民地的对称和秩序之美让人心安。可有时候，秩序恰恰少了点人情味。

这天晚上，奥利芙在曼哈顿做完讲座，开始签售。在等待的队伍中，一个年轻人在桌子一侧跪了下来，这样他差不多就能平视奥利芙了。他声音微微有些颤抖地说："我想请您帮我签个名。不过我其实是想告诉您，去年您的作品帮我度过了一段艰难的时期，我很感激您。"

"谢谢你。我很荣幸。"奥利芙说。在这种时候，用"荣幸"一词似乎不够恰当，所以奥利芙总觉得自己骗了人。她就像一个演员，在扮演奥利芙·卢埃林这个角色。

第二天，父亲到丹佛航站楼接她，一起回他和母亲居住的小镇。路上，父亲对她说："人人都有觉得自己是骗子的时候。"

"哦，我知道。"奥利芙说，"我不是说这是个实际存在的问题。"奥利芙对自己人生的理解是，她并没有什么实际存在的问题。

"好吧。"父亲面露微笑，"我猜你最近的日子过得有点迷茫吧。"

"可能是有那么一点。"奥利芙和父母相聚的时间只有四十八个小时，之后她就要回去赶行程了。父女俩经过了一片农业区，看见巨大的机器人正在田野里缓慢地移动。这里的光线比家里的刺眼。"我对这一切都心怀感恩，不管是不是迷茫。"奥利芙说。

"当然。不过离开西尔维和迪昂也很难熬吧？"

他们到了小镇郊外，路过一片机器人修理厂区。

"我尽量不去想这些。"奥利芙说。灰扑扑的修理厂逐渐退去，映入眼帘的是色彩缤纷的小店和房屋。小镇广场上的钟楼在阳光下熠熠闪烁。

"要是老琢磨，你就会觉得这个距离远得叫人受不了。"父亲一直望着路面。"到了。"他说。他们拐进了她父母住的那条街道，母亲正站在门口等他们，近在咫尺。悬浮车刚一停下，奥利芙就迫不及待地跳了下去，扑向母亲。无论是这一刻，还是住在家的两天里，她始终没有问出口："要是距离远得叫人受不了，那你们为什么要住得离我这么远？"

奥利芙的父母住的房子并不是她的童年故居。她大学开学几周后，父母就决定回地球安度晚年，并卖掉了她的童年故居。但住在这里让她觉得很安心。离开的时候，母亲低声说："见到你真是太好了。"母亲和奥利芙相拥了片刻，母亲又摸了摸她的头发，说："你会很快再回来吧？"

一辆悬浮车正在门外等着，司机是奥利芙的一个北美出版商雇的。她当天晚上在科泉市的一家书店里有一场活动，紧接着还要搭早班的航班去德撒律①参加图书节。

---

①德撒律，非真实存在的地方，而是一个历史概念。19世纪，美国西部的一些摩门教徒曾提出建立一个名为"德撒律"的州或国家的构想，1849年，摩门教徒在现今的美国犹他州地区成立了德撒律临时政府，并向国会申请成立一个州，未果。故而，德撒律有时也用于指称犹他州。

"下次我会和西尔维、迪昂一起回来。"奥利芙说完，就继续巡回售书之行了。

巡回售书的一个悖论：奥利芙发疯般地想念丈夫和女儿，同时也十分享受一个人在盐湖城空旷的街道上游荡，在这个周六的早上八点半，秋日和煦，鸟儿在白光中盘旋。望着晴朗的蓝天，同时知道那不是穹顶，这绝对值得一说。

次日下午，在得克萨斯共和国，她又想出去散步了。因为在地图上，她住的那家酒店（是一家连锁酒店，对面还有另一家同样的连锁酒店，中间隔着一个停车场）的对面那条路上开着一排餐厅和商店，但地图上没有标明的是，那条路是一条八车道的高速路，没有人行道，车流不断，大多是现代的悬浮车，不过偶尔也能看见桀骜不驯的复古轮式皮卡。于是她沿着高速路走了一段，餐厅和商店在路对面闪闪发光，宛如海市蜃楼。要到路对面，无论如何都要冒着生命危险，所以她没有尝试。回到酒店的时候，她感觉脚踝上扎了东西，低头一看，原来是袜子上钩着小小的刺果，那是一颗颗黑褐色的"星星"，尖利得惊人，就像微型武器，往下摘的时候必须非常小心。她把这些刺果摆在桌子上，从不同角度拍了照片。这些果实异常坚硬，而且光润鲜亮，完全可以冒充生物技术的产物，可等她把一粒果实掰开，就看到它们是货真价实的。不对，"货真价实"这个词并不恰当。所有能触摸到的东西都是货真价实的。她看到的这个东西是自然生长出来的，它是某种神秘植物的果实，在月球殖民地那里没有。于是她把几粒刺果包在一只袜子里，又把袜子小心翼翼地藏进行李箱，准备带回去给女儿西尔维。西尔维五岁了，很喜欢收集这些玩意儿。

"你这本书让我读得特别困惑。"达拉斯的一个女人说道，"叙述的支线太多了，人物也太多了，我总觉得他们会有交集，但是到最后也没有。故事就那么结束了。我感觉就像——"这个女人在幽暗的观众席，与奥利芙隔了一段距离，不过奥利芙能看见她的手势，她在模仿翻书翻到了最后一页，"我感觉就像，嗯？这书是不是缺页了？就这么结束了？"

"好吧，"奥利芙说，"我没听明白，你的问题是……"

"我感觉，就像，怎么说呢，"那个女人说，"我的问题是……"她摊开双手，好像在说："谁来帮帮我，我不知道该怎么说了。"

当天晚上的酒店是黑白色系的。奥利芙梦见自己在和母亲下国际象棋。

书的结尾是不是太仓促了？在从得克萨斯共和国到加拿大西岸的三天里，奥利芙一直在纠结这个问题。

"我劝自己不要悲观，"奥利芙给丈夫打电话的时候说，"但是我连续三天都没怎么睡觉了，我担心今天晚上讲座的效果不会很好。"她已经到了红鹿市①。酒店窗外，住宅大厦的灯火在黑暗中闪烁。

"不用悲观，"迪昂安慰她说，"想想我办公室里贴的那句格言。"

"'只要别丧气，就是好生活。'"奥利芙说，"说到办公室，最近你的工作怎么样？"

迪昂叹了口气，说："我刚刚分到了一个新项目。"他是个建筑师。

"是那所新大学吗？"

"嗯，算是吧。是座物理学中心，不过……我签了一份铁打的保密协议，所以你别外传。"

"当然。我跟谁都不会说的。可是一所大学的建筑有什么可保密的啊？"

"其实不是……我感觉这其实不应该叫大学。"迪昂的语气满是困惑，"蓝图设计得特别奇怪。"

"怎么个奇怪法？"

"嗯，比如说吧，有一条地下通道，从那座建筑通到安全总部。"

"一所大学怎么还需要连着警察局？"

"我也说不出个所以然。而且建筑还紧挨着政府大楼。"迪昂说道，"我是说，我一开始根本没多想。毕竟是市中心的黄金地段，所以大学建在政府大楼旁边也没什么好奇怪的。不过奇怪的是，这

---

① 红鹿市，位于阿尔伯塔省。

两幢楼不是隔开的。两幢楼之间连着很多通道，所以从实用意义上说，其实就是一幢楼。"

"你说得对，"奥利芙说，"的确很奇怪。"

"嗯，不过对我的履历来说，这应该是个很好的项目。"

奥利芙明白这个语气，迪昂不想再聊这个话题了。她于是问道："西尔维怎么样了？"

"挺好的。"迪昂随即聊起了琐碎的日常，比如购物单和西尔维在学校的午饭。奥利芙于是猜到，自己不在家的这段时间，西尔维的表现不是特别好，而迪昂体贴地没有告诉她，对此她很感激。

早上，她飞去了最北面的城市。一整天的采访，加上晚上的讲座，之后是长长的签售队伍。她拖到很晚才吃饭，之后睡了三个小时，凌晨三点四十五分坐车去机场。

"奥利芙，你是做什么的？"司机问她。

"我是作者。"奥利芙回答道。她闭上眼睛，脑袋靠在了车窗上，但是司机又开口了。

"那你都写什么？"

"书。"

"说来听听呗。"

"好吧，"奥利芙说，"我正在给一本小说做宣传，小说名叫《马里昂巴德》，讲的是一场大流行病的故事。"

"是你最新的作品吗？"

"不是，我在它之后又写了两本书，不过《马里昂巴德》正在拍电影，这次巡回宣传是因为出了新版。"

"太有意思了。"司机说完，接着聊起了她自己想写的一本书。听着像是一本科幻/奇幻巨著，设定的背景是现代世界，但是有巫师、恶魔，还有会说话的老鼠。老鼠是正派的，它们帮着巫师。之所以要写老鼠，是因为在司机读过的那些书里，凡是会说话的、派得上用场的兽类，体型都很大，比如马呀，龙呀之类的。但是，带着一匹马或者一条龙，去哪儿都很难不引起注意吧？根本行不通。不信你带一匹马去酒吧试试。那不成，她说，你得找一个能藏在口袋里的动物伙伴，比如老鼠。

"嗯，把老鼠带在身边的确更方便。"奥利芙附和道。奥利芙努力地撑开眼睛，但这太难了。她们前面那辆庞大的运输卡车总是轧到路中心线。是手动驾驶，还是软件有问题？不管是哪种情况，都让人悬着一颗心。司机正絮絮地说着平行宇宙的概念：在她看来，老鼠在这个宇宙里是不能说话的，从逻辑上说，它们在别的宇宙里也必然不能说话吗？她好像在等着奥利芙回答。

"嗯，我不太了解老鼠的生理结构，"奥利芙说，"比如说，它们的咽喉和声带之类的，能不能让它们使用人类的语言。不过我还得再想想，说不定不同宇宙的老鼠的生理结构也不一样……"（这时候奥利芙可能是在自言自语，也可能根本没说话。想不睡着实在太难了。）运输卡车的车尾很好看，菱形花纹的钢板在头灯的照射下闪闪烁烁。

"我是想说，谁知道呢，"司机又说道，"也许在某个宇宙里，你那本书的故事是真的。我的意思是，书里写的都是现实！"

"但愿不是。"奥利芙说。她这会儿只能半眯着眼睛，所以视线中的光源、仪表盘、尾灯和卡车车尾的反光，都变成了一道道竖条的尖峰。

"你刚才说，"司机说，"你那本书讲的是大流行病？"

"对，一场科学上无法解释的流感疫情。"奥利芙实在睁不开眼睛了，于是她不再挣扎，干脆闭上眼睛，任由自己陷入半梦半醒的状态，她知道，她随时可以被唤醒——

"那你有没有关注那个新闻？"司机说，"有一种新型病毒在澳大利亚被发现了。"

"没太关注。"奥利芙闭着眼睛回答道，"疫情好像控制得不错。"

"知道吗？"司机又说，"我这本书里也有类似末日的设定。"司机接着说起时空连续体出现了灾难性的裂缝，说了好一会儿，但是奥利芙太困了，没有听进去。

车驶进机场，司机兴高采烈地说："我跟你聊了一路！你连觉都没睡成！"

十二个小时之后，奥利芙关于《马里昂巴德》的讲座开始了，内容主要来自她搜集的关于大流行病历史的资料。到了这个阶段，她对讲稿已经熟得不能再熟，她基本不需要思考就可以脱口而出，所以忍不住走神。她一直在回想自己和司机说的话，因为她记得自己说"疫情好像控制得不错"，但是流行病学的问题就在这里：既然是传染病暴发，那"控制得不错"和"没有控制住"本质上不就是一回事吗？"集中精神。"她提醒自己，接着把思绪拉回现实，面对讲台、刺目的强光和麦克风。

"1792 年春天，乔治·温哥华船长乘坐'发现'号，沿着后来被称为不列颠哥伦比亚省的大陆的海岸向北航行。温哥华和一众船员越往北走，就越觉得忐忑不安。那里气候温和，植被繁茂得惊人，但奇怪的是，周围好像空无一人。温哥华在航海日志中写道：'我们沿着海岸航行了近二百五十千米，但见到的居民还不足二百五十个。'"奥利芙顿了顿，留下一个悬念，并趁机抿了一口水。疫情要么是被控制住了，要么就是没得到控制。这是个非此即彼的情况。她最近睡得太少了。她放下了水杯。

"他们冒险上了岸，发现了可以住下几百户人家的村子，但这些村子都荒废了。他们继续冒险深入，这才发现，那片森林竟然是墓地。"在女儿出生之前，这部分内容讲起来很轻松，可如今她几乎说不下去。奥利芙顿了顿，以稳住情绪。"在树上三四米高的位置，挂着一只只装有人体遗骸的独木舟。"人体遗骸，但不是西尔维，不是西尔维，不是西尔维。"他们还在海滩上发现了一具具尸骨。因为天花已经传到这里。"

在这场讲座过后的签售环节，奥利芙一遍遍地写下自己的名字，思绪却不由自主地飘向灾难。"致赞德：祝心想事成，奥利芙·卢埃林。""致克劳迪奥：祝心想事成，奥利芙·卢埃林。""致苏海勒：祝心想事成，奥利芙·卢埃林。""致慧胜：祝心想事成，奥利芙·卢埃林。"真的还会有一场疫病大流行吗？当天上午，新西兰也出现了聚集性病例。

这天晚上的酒店是米色系的，床头的装饰画上画的是一种富丽盛开的粉红色地球花卉——是芍药吗？

同样的讲座，不同的城市。"一年之前，"奥利芙面对着另一群读者说，"也就是1791年，'哥伦比亚复兴'号商船驶过这片水域。船主是来做海獭皮生意的。"海獭究竟长什么样？奥利芙从来没见过。她暗暗决定，过后得查一查。"他们也经历了类似的情况。他们发现那片土地上人口稀少，遇到的为数不多的幸存者都讲述了可怕的故事，身上留着可怕的伤疤。一个叫约翰·博伊特的船员写道：'显而易见，这些原住民遭遇了人类的祸害：天花。'另一个叫约翰·霍斯金斯的水手怒不可遏：'臭名昭著的欧洲人，你们侮辱了基督之名，是不是你们把最令人憎恶的疾病带到并留在了你们所谓的野蛮国度？'"

她抿了一口水。观众席上肃然无声。（一个胜利般的念头在脑海里闪过："我把控了全场。"）"不过当然了，总要有一个源头。天花要从欧洲传到美洲，首先必须到达欧洲。"

这天晚上，奥利芙半夜起床，结果撞上了一张小桌子，因为她心里还在想着前一天那家酒店的布局。

第二天早上，她要长途跋涉赶去另一个城市。其间，司机问起她有没有孩子。

"我有一个女儿。"奥利芙回答。

"多大了？"

"五岁。"

"那你怎么到这儿来了？"司机接着问。

"嗯，我到这儿来就是为了赚钱养她。"她用了自己最温和的语气，也没有加上一句"去你的，我知道你绝对不会这么问一个男人"，毕竟车上只有这个男人和奥利芙两个人。她望着窗外的树木向后闪过。这是一片森林保护区。她想象着西尔维就坐在她旁边，想象着自己可以伸出手，握住女儿那只温暖的小手。

"你是在那边长大的？在殖民地那边？"过了一会儿，司机突然问了这么一句。他们聊起过月球殖民地。

"是，我奶奶是第一批定居者。"

她有时候喜欢幻想奶奶当年的样子，二十岁的年轻女人，迎着黎明的第一道曙光，从温哥华航站楼起飞，飞艇划破黑暗，疾驰而去。

"我一直想去，"司机说，"就是一直没去成。"

"要记住，你能来旅行就是幸运的。要记住，有些人一辈子都没离开过这个星球。"奥利芙这样想着，随后闭上了眼睛，尽情想象西尔维就坐在她旁边。

"对了，你的香水很好闻。"司机说。

接下来的四个酒店房间都是白灰色系，布置得一模一样，因为这四家酒店属于同一家连锁酒店。

"您是第一次光临吗？"第三还是第四家酒店的前台这么问她。奥利芙不知道该怎么回答，在一家万豪酒店住过，不就等于在各家万豪酒店都住过了吗？

在另一个城市，依然是同样的内容：

"天花要从欧洲传到美洲，首先必须到达欧洲。"奥利芙后悔自己穿了毛衣，多伦多的灯光太热了，"公元 2 世纪中叶，罗马士兵在围攻美索不达米亚的塞琉西亚后归来，把一种新的疾病带回了首都。"

"这场安东尼瘟疫的受害者出现了发热、呕吐、腹泻的症状。几天之后，他们身上长出了可怕的皮疹。罗马人没有免疫力。"奥利芙讲过太多遍了，每次讲到这里，她都感觉自己像一个中立的旁观者，在不远的位置聆听自己的用词和语调变化。

"安东尼瘟疫在罗马帝国肆虐，"奥利芙告诉观众，"军队成员所剩无几。一些地区有三分之一的人口被夺去了生命。这里有一件事值得玩味：罗马人猜测，也许是他们在塞琉西亚的杀掠，给自己招来了这场灾祸。"

这天晚上，她回到以米色和蓝色系为主、用粉色加以点缀的酒店，接到了迪昂打来的电话。这很不寻常：一般都是奥利芙打给他。迪昂的声音听起来很疲惫。他说这几天总是加班，新大学的项目叫人心里发毛，而且西尔维还在闹情绪。他去接西尔维放学的时候，西尔维就是不想走，还闹了起来，弄得周围的人都很同情他，他从他们淡淡的表情中看得出来。他问："澳大利亚发现新型病毒的新闻，你关注了吗？我有点担心。"

"我没怎么关注。"奥利芙说，"老实说，我最近太累了，没精力担心此事。"

"真希望你能回来。"

"我很快就回去了。"

迪昂没有说话。

"我得挂了，"奥利芙说，"晚安。"

"晚安。"他说完就挂上了电话。


一两天之后，奥利芙告诉辛辛那提商业图书馆的观众："罗马军队在塞琉西亚毁坏了阿波罗神庙。据同时代的历史学家阿米亚努斯·马塞林努斯记述，罗马士兵当时发现了一道狭窄的缝隙。罗马人将小洞挖开，以为会找到金银财宝。马塞林努斯这样写道：'从而释放了一场瘟疫，一种无法医治的疾病……污染了整个世界，从波斯的边界到莱茵河畔和高卢，都被感染和死亡笼罩。'"

停一拍。抿一口水。节奏决定一切。

"如今看来，这样的解释有点荒唐，但他们是在为这场突如其来的噩梦急切地寻找一个解释。在我看来，这个解释虽然荒诞不经，却触及了恐惧的根源：疾病仍然是一个可怕的不解之谜。"

她朝台下扫了一眼。和往常一样，每次讲到这里，她都会在一些观众脸上看到那种特殊的表情；那是一种特定的哀伤。不论在哪里，不可避免地，人群中总有几个人身患不治之症，也总有几个人不久前被病魔夺去了所爱之人。

"你担心那个新型病毒吗？"奥利芙问辛辛那提的图书馆馆长。两个人坐在馆长办公室里，奥利芙一进来就认定，在她所见过的形形色色的办公室中，这应该是她最喜欢的了。这间办公室位于一排排书架下面，是几百年前打造的锻铁书架。

"我努力安慰自己不用担心。"馆长说，"我希望疫情很快过去。"

"一般都是这样吧。"奥利芙说。当真是这样吗？奥利芙虽然嘴上这么说，心里却没把握。

馆长点了点头，目光转向了别的地方。馆长显然不想讨论大流行病的话题。"我来给你讲讲这个地方有多么传奇吧。"馆长说。

"哦，那太好了。"奥利芙说，"我有好一阵子没听过什么传奇的事了。"

"是这样的，"馆长说，"这座建筑不属于我们，不过我们签了一万年的租约。"

"是啊。的确很传奇。"

"19 世纪的狂妄。想想看吧，还以为文明能延续一万年。不过这还没完呢。"她说着将身子前倾，顿了顿，故意卖个关子，"租约还可以续期。"

这天晚上，奥利芙住的酒店的窗户是能打开的，而她之前住的十几家酒店安的都是封闭式窗户，所以这简直是奇迹。奥利芙在窗边坐了很久，一边呼吸着宜人的清新空气，一边看小说。

第二天早上，她启程离开辛辛那提，在机场休息室里看到了日出。停机坪上空热气蒸腾，地平线被染成了粉红色。悖论为：她想回家，不过她也愿意一辈子留在地球上看日出。

"事实是，"奥利芙站在巴黎的讲台后面说道，"即使是现在，在几千年之后，即使这期间我们的技术不断进步，有关疾病的科学知识不断增加，我们仍然不知道为什么一个人会得病，另一个人却没事，为什么一个病人活了下来，另一个却不治身亡。疾病让我们恐惧，因为它没有规律可言，它带有可怕的随机性。"

在当天的招待会上，有人拍了拍奥利芙的肩膀，她一回头，发现竟然是阿莱塔，她在大西洋共和国的那个公关。

"阿莱塔！"她诧异地说道，"你怎么也来巴黎了？"

"我休假了，"阿莱塔回答说，"不过我有个好朋友在一家法国出版社工作，那家出版社恰好是你的书在法国的出版商，她给我们弄来了招待会的入场券，所以我就想过来跟你打个招呼。"

"我很高兴能在这儿见到你。"奥利芙说，这是真心话。可惜有人拉着她去认识赞助商和书商，于是她只好在一圈人中间站了好一会儿，回答下一本书什么时候出版、喜不喜欢法国、家人在哪儿之类的问题。

"你丈夫真是太好了，"一个女人感叹道，"在你工作的时候他能帮你照顾女儿。"

"什么意思？"奥利芙反问，不过她当然知道这个女人是什么意思。

"他在帮你照顾女儿，好让你能工作。"女人说。

"不好意思，"奥利芙说，"恐怕是我的翻译器坏了。我以为你说他照顾自己的孩子真是太好了。"转身离开的时候，奥利芙发觉自己不自觉地咬着牙。她到处找阿莱塔，但是没有找到。

接下来的四个酒店房间的装修主色分别是米色、蓝色、米色、白色，不过桌子上的花瓶里都插着绢花。

"感觉如何？"主持人问。巴黎的那个女人总是在脑海里挥之不去，奥利芙只能尽力不去想，并告诉自己要往前看。此刻奥利芙和主持人正坐在塔林的舞台上，灯光很热。

"什么感觉如何？"这个开场问题很奇怪。

"写一本畅销书的感觉如何？身为奥利芙·卢埃林感觉如何？"

"其实有种不真实的感觉。我写过三本书，都反响平平，在月球殖民地以外也没有发售，之后……感觉就像进入了平行宇宙。"奥利芙说，"《马里昂巴德》出版之后，我就掉进了一个古怪的上下颠倒的世界，那里的人真的会看我的书。这很不可思议。我希望自己永远也不会习惯这种感觉。"

这天晚上，送奥利芙回酒店的司机有一副动人的歌喉，他一边开车一边唱着一首很老的爵士歌曲。奥利芙打开悬浮车的车窗，接着闭上眼睛，让自己完全沉浸在歌声中，任凉爽的空气拂过面颊。在那几分钟里，她感受到了纯粹的快乐。

"很神奇，旅行的时候总觉得时间都变慢了。"奥利芙在电话里对迪昂说。她仰面躺在酒店房间的地板上，凝视着天花板。躺在床上肯定更舒服，不过她后背疼，躺在硬地板上好受些。"我感觉就像走了六个月。真弄不懂怎么才十一月呢。"

"你才走了三周。"

"所以说呀。"

电话那头没有动静。

"你看，"奥利芙说，"要知道，一个人可以对非同寻常的境遇心存感激，同时又盼着和爱的人待在一起。"

她感觉到两个人之间的气氛变得柔和了，接着迪昂说："我知道，亲爱的。"他的语气很温柔，"我们也很想你。"

"我一直在想你的那个项目。"她说，"一所大学和警察总部之间为什么要修地下通道，而且——"

这时迪昂的通信器响了。"对不起，"他说，"是我老板。回头再聊？"

"回头再聊。"

她正坐在飞艇上横渡大西洋时，突然想到了谜底。

几十年来，研究小组在地球和殖民地上一直努力攻克时间旅行的问题。如果是这种情况，那么一所研究物理的大学通过地下通道连着警察总部，同时又有无数个实实在在的"后门"通向政府，那就完全说得通了。时间旅行要是不算安全问题，那还能算什么？

她一直在找塔林的那个司机唱的那首歌，可惜怎么都找不到。她记不清歌词了。她在通信器里输入了各种关键词（爱＋雨＋死亡＋钱＋歌词＋歌），却一无所获。

在里昂，奥利芙参加了一场以悬疑小说为主题的文学节活动。她的法国公关带着她来到媒体室，一个杂志社的女记者正忙着设置一排全息摄影机。"奥利芙，"女记者寒暄道，"我特别喜欢你的作品。"

"谢谢，我很高兴听到你这么说。"

"请坐在那张椅子上，好吗？"

奥利芙坐下了。一个助理把麦克风别在了她的衬衫上。

"我计划对参加文学节的所有作家做一个专题报道，"记者说，"就是一个简短的专题采访。我们的观众觉得这很好玩。"

"好玩？"奥利芙感到一阵不安。她的法国公关朝记者投去了紧张的一瞥。

"可以开始了吗？"

"可以了。"十台全息摄影机悬在半空中，像一条星星项链似的，把奥利芙围在中间，开始合成综合影像。

"所以这些问题呢，"记者说，"都有一个充满悬疑的主题！"

"因为我们参加的是悬疑文学节。"奥利芙说。

"一点不错。好了，问题一：你最喜欢的托词是什么？"

"我最喜欢的……托词？"

"对。"

"我没有特别的……我一般会说我有别的安排了。这样就能推掉我不想做的事。"

"我知道你结婚了。"记者说，"认识你丈夫的时候，你是凭借什么线索认定你爱他的？"

"这个，"奥利芙说，"我觉得就是一种恍然大悟的感觉，不知道这么说大家能不能明白。我记得我第一次见到他的时候，我看着他，心里就知道他在我的生命中会很重要。这算是线索吗？"

"你认为什么才是完美的谋杀？"

"我记得我读过一个故事，是一个男人被冰柱刺死了。"奥利芙说，"我觉得这个故事就算完美的了吧，因为凶器融化不见了。冒昧地问一句，你有没有哪个问题是关于我的作品的？"

"我就剩一个问题了。好了，最后一个问题：你戴不戴情趣手铐？"

奥利芙摘掉麦克风，同时站了起来。她把麦克风小心地放在椅子上。"无可奉告。"她说完就径直走出了房间，没有让记者看到她泛起的眼泪。

在上海，奥利芙总共说了三个小时，聊自己，聊自己的书。这就是说，她一边讨论世界末日，一边尽量不去想象女儿生活在这样的世界里。回到酒店的时候，她在走廊里发觉自己走起路来腿脚不听使唤了。她从来不喝酒,不过有时候太累了和喝醉了的感觉差不多。她摇摇晃晃地穿过走廊,跌进房间,关上了门,把额头贴在电灯开关上方冰凉的墙壁上,就那么站了好一阵子。过了一会儿,她听见了自己的声音,重复着一句话:"受不了了。受不了了。受不了了。"

"奥利芙,"又过了不知多久,房间的人工智能系统轻柔地说话了,"需要帮助吗?"奥利芙没有回答,那个声音接着用普通话和粤语各问了一遍。

第二天,在新加坡的签售队伍中,一个女人对她说:"奥利芙,有件纯属巧合的事,我是你的图书代理的保姆。"

"你希望借《马里昂巴德》向读者表达什么样的主旨?"另一个主持人问她。

奥利芙和主持人都身在东京的舞台上。主持人是一个全息影像,基于某种个人原因,他无法从内罗毕赶来。奥利芙怀疑所谓的个人原因就是他病了:画面总是卡顿,但是声音没有延迟,这意味着画面卡顿不是因为信号不好,而是他按了操作台上的静音按钮。

"我就是想写一本有意思的书,"奥利芙说,"没有什么主旨。"

"当真吗?"主持人问。

"这是一本旧书,可以签字吗?"签售队伍中的一个女人问道。

"当然了,我很乐意。"

"对了，"女人又说，"这上面的字是你写的吗？"

"哈罗德：昨天晚上我很开心。奥利芙·卢埃林。"一个人（不是奥利芙）在女人手里那本《马里昂巴德》上写了一行字。

奥利芙盯着那行字，一时间有点头晕目眩。"不是，"她说，"我不知道是谁写的。"

（之后的几天里，她一直心不在焉，总觉得有另一个奥利芙如影随形，像是在参加一场平行的巡回售书活动，还在奥利芙的书里写了不寻常的留言。）

在开普敦，奥利芙认识了一个作家，他这一年半一直在各地巡回，他那本书的销量是《马里昂巴德》的好几倍。

"我们就想试试，看看这么一直不回家能坚持多久。"作家说。他名叫易卜拉欣，不过大家都叫他易比，他的伴侣叫杰克。傍晚时分，三个人坐在酒店的屋顶露台上，周围也都是来参加文学节的作家。

"你们是不想回家，还是就喜欢在外面旅行？"奥利芙问。

"两者都有，"杰克说，"我喜欢在外面到处走。"

"而且我们住的公寓很乏味，"易比说，"不过我们还没想好该怎么办。是搬家，还是重新装修？还都说不定。"

露台上摆着几十棵树，都种在巨大的花盆里，树枝上的小灯一闪一闪的。不知哪里传来了音乐声，是弦乐四重奏。奥利芙穿了给自己准备好的巡回礼服，是一条银色的及踝长裙。奥利芙暗想，这是一个耀眼时刻。她小心翼翼地把这一刻收藏起来，作为日后的精神寄托。微风送来一阵茉莉的清香。

"我今天听到一个好消息。"杰克说。

"快说，"易比说，"我一整天都困在图书节的隧道里，被迫屏蔽了新闻。"

"第一个远地殖民地开始动工了。"杰克说。

奥利芙露出了微笑。她本想开口，但一时间不知道说什么好。远地殖民地开始谋划的时候，她的祖父母还都是小孩子。她暗想，她一辈子都会记得这一刻、这场派对，还有这些人，他们都是她非常喜欢的人，可惜大概后会无期了。她会告诉西尔维，自己听到这个消息的时候在干什么。她上一次真正感到震撼是什么时候？有一段日子了。奥利芙沉浸在快乐中。她举起了酒杯。

"敬半人马座阿尔法星。"她说。

在布宜诺斯艾利斯，奥利芙遇见了一个女人，对方想给奥利芙展示自己的文身。"但愿我这个举动不算很奇怪。"女人说着就卷起袖子，露出左肩，只见其肩膀上用秀美的连笔字文着书里的一句话："我们知道会有这一天。"

奥利芙一下子喘不过气来。这不只是《马里昂巴德》里的一句话，而且是一个文身。在小说的后半部分，一个叫加斯珀里-雅克的人把这句话文在了左臂上。你在一本书里虚构了一个文身，之后这个文身出现在现实世界，从此之后，好像发生什么事情就都是可能的了。她见过五个这样的文身了，但还是觉得非比寻常，因为虚构的东西渗进了现实世界，还在某个人的皮肤上留下了印记。

"不可思议，"奥利芙轻轻地感叹道，"在现实世界看到这样的文身，真是不可思议。"

"这是你的书里我最喜欢的一句话，"女人说，"说中了很多事，对吧？"

然而，事后回想起来，每件事不都是显而易见的吗？草原上空，蓝色的暮霭载着低空飞艇，滑向达科塔共和国。奥利芙望向窗外，想在广袤的风景中寻找几分安宁。她收到了一份新的邀请，请她去提坦参加文学节。她只是小时候去过那里，隐约记得当时海豚馆里的人群，奇怪的没有味道的爆米花，白天天空上那抹暖洋洋的、昏黄的雾气（她去的是一个所谓的现实风格的殖民地，那里的定居者决定采用透明穹顶，这样就能看到提坦大气层真正的颜色），还有奇奇怪怪的时尚，当时少男少女都流行把脸涂成像素的样子，就是一个个五颜六色的大方块，据说能让人脸识别软件无法识别，不过副作用就是他们看上去都像是发疯的小丑。要不要去提坦？"我想回家。"这会儿西尔维在干什么呢？"不过这可比上班轻松，这一点你得记住。"她对自己说。

"我记得我在哪儿看过，"一个记者说，"你第一本书的名字和你的最后一份工作有关？"

"是的，"奥利芙回答道，"是我在工作中遇到的一个句子。"

"你的第一本小说，《和金粉游泳的星星》。你能解释一下这个书名吗？"

"当然可以。我当时负责人工智能培训方面的工作。就是把翻译器译出来的那些奇奇怪怪的句子修改好。我记得自己每天坐在窄巴巴的办公间里……"

"是在二号殖民地吗？"

"对，二号殖民地。我的工作就是从早到晚地坐在那儿，编辑那些倒霉的句子。但是，有一个句子让我的心突然停跳了一拍。这个句子虽然意思不通，句法也不对，但是我很喜欢。"关于这件事，奥利芙讲过太多遍了，感觉就像在念台词，"那个句子是许愿蜡烛上的说明，烛台上写着一首首小诗。说明不知怎么就被翻译成了'写诗的七种动机'，还有一句介绍变成了'和金粉游泳的星星'。这些句子充满了美感，我也说不好，总之，我的心突然停跳了一拍。"

心停跳了一拍。两天之后，奥利芙在洛杉矶城邦参加文学节，嘉宾是她和另一个作家。这时，她突然间想到了这句话的意思。什么会让你的心突然停跳？死亡，这个答案显而易见。奥利芙诧异自己之前竟然没想过这一层。洛杉矶也被罩在穹顶下面，但是从窗户透进来的光线却很刺眼。这也意味着她看不见观众。坦白说，这种情况最理想不过了。那么多张面孔盯着她，不对，是盯着她们——另一个作家叫杰西卡·马利，奥利芙很庆幸杰西卡也在，虽然她不太喜欢杰西卡这个人。杰西卡看什么都觉得被冒犯了，要是你到哪儿都喜欢找碴，这自然不可避免。

"哦，不是每个人都是文学博士，吉姆。"不知道哪句话又惹到了杰西卡，只听杰西卡对主持人来了这么一句。吉姆脸上的表情和奥利芙此刻的心情一模一样：哟，这次爆发得倒快。不过，凑巧台下读者中有个男人站了起来，问了一个关于《马里昂巴德》的问题。差不多所有的问题都是关于《马里昂巴德》的，这样的情况很尴尬，因为杰西卡也是嘉宾，杰西卡的那本书是以月球殖民地为背景的青春文学作品。奥利芙谎称自己还没看过《月/升》，因为她很不喜欢这本小说。奥利芙就是在月球殖民地长大的，那里远远没有杰西卡书里写的那么诗意盎然。在月球殖民地长大其实没什么特别的。既没有那么好，也没有那么糟。只是住在一座小房子里，生活在一个宜人的社区，街道两侧绿树成荫，念一个还不错但称不上优越的公立学校，气温稳定在15至22摄氏度，穹顶照明经过精心调节，还有规律的降雨。奥利芙在成长过程中并不渴望"回归地球"，也没有感觉自己过着"流离失所的生活"。

那个读者说："我有个问题想问奥利芙，关于《马里昂巴德》里先知的死。"杰西卡叹了一口气，肩膀微微有些耷拉。"这本来可以是一个很重要的时刻，但是你把它写成了相对平淡、不是高潮的桥段。"

"是吗？我觉得它就是高潮了。"奥利芙竭力把语气放平和。

那个男读者迁就地笑了笑，接着说："但是你有意削弱了这个情节，让它显得几乎无足轻重，而它本来可以像电影里那样，变成一个大场面。你为什么这么写？"

杰西卡坐直了身子，一触即发的冲突让她变得兴致勃勃。

"嗯，"奥利芙说，"可能每个人对什么叫重要时刻有不同的看法吧。"

"你还真是个避重就轻的高手。"杰西卡低声说了一句，但没有望向奥利芙，"你练过避重就轻忍术吧。"

"谢了。"奥利芙说，虽然她知道杰西卡并不是在夸她。

"继续提问吧。"主持人说。

"知道吗？我最近总在琢磨一句谚语。"在哥本哈根的文学节上，嘉宾里的一个诗人说，"'小鸡回窝，自食其果。'回来的从来都不是好小鸡。从来不会说：'小鸡回窝，善有善报。'回来的从来不会是好鸡，永远都是瘟鸡。"

出现了零零星星的笑声和掌声。观众席里有个男人止不住地咳嗽起来。他很快就出去了，还弯着腰，一副抱歉的样子。奥利芙把"瘟鸡"写在了文学节宣传册的空白处。

《马里昂巴德》里先知的死算不算反高潮？好像有可能。奥利芙一个人坐在哥本哈根文学节附近的酒店吧台前，就着一杯茶吃沙拉，菜叶子已经蔫了，芝士又放得太多。一方面，先知的死很有戏剧性，毕竟他是被一枪爆头的，不过也许是应该加点打斗的情节，也许他的死是有点马虎，原本生龙活虎的一个人，才一个自然段的工夫就死了，少了他，故事还在继续发展——

"还需要点什么吗？"酒保问。

"不用了，麻烦结账。"奥利芙说。

可另一方面，这难道不就是现实吗？大多数人会平淡无奇地死去，几乎没有人注意我们离开了人世，我们的死不过是周围那些人生活故事中的情节点。不是吗？但话又说回来，《马里昂巴德》是小说，也就是说，"现实"和这个问题无关。这么说来，先知的死也许的确是一个瑕疵。奥利芙拿起笔，正要签账单，却遇到了一个问题——她不记得房间号了，只好走去前台询问。

"这种情况出现的次数其实比你以为的要多。"前台接待员告诉她。

第二天早上，她在飞艇航站楼候机，身边坐了一位商务旅客，对方主动聊起了自己的工作，关于检测仿制钢材什么的。奥利芙认真地听了半天，因为这段独白让她分散了注意力，忘了自己有多想念女儿。"那你是做什么工作的？"对方最后问她。

"我写书。"奥利芙回答。

"是童书吗？"对方问。

奥利芙绕了一圈，又回到大西洋共和国，再次见到她在这儿的公关，她感觉就像见到老朋友一样。在泽西市的书商晚宴上，阿莱塔和奥利芙坐在了一起。

"上次一别之后，你过得怎么样？"阿莱塔问她。

"很好，"奥利芙回答道，"一切顺利。我没什么可抱怨的。"接着，因为她累了，也因为她和阿莱塔算是有点熟了，她抛开了那条"不透露任何个人感情"的规矩，说道："就是人太多了。"

阿莱塔微微一笑。"按理说当公关的不怕社交，"阿莱塔说，"不过有时候对于这种宴会，我也有点应付不来。"

"我也是，"奥利芙说，"我这张脸好累啊。"

这天晚上的酒店房间是蓝白色系的。丈夫和女儿不在身边的时候，每间酒店房间都让奥利芙觉得比之前那一间还空旷。

这次巡回售书的最后一个采访安排在第二天下午。在费城酒店一间优雅的会议室里，奥利芙见到了一个身穿黑西装的男人，对方和她年纪相仿，也可能年轻一两岁。这是高层的房间，有一面玻璃墙，脚下是熙熙攘攘的城市。

"人都齐了，"阿莱塔轻快地说，"奥利芙，这位是加斯珀里·罗伯茨，《突发》杂志的记者。我还有几个电话要打，所以就不打扰两位了。"她说着就出去了。奥利芙和那个记者坐在一对绿色天鹅绒椅子上。

"谢谢你接受采访。"男人说。

"很荣幸。不介意我问一句吧？我对你的名字很好奇。我好像从来没见过叫加斯珀里的人。"

"我来告诉你一件更奇怪的事吧，"他说，"我的真名其实是叫加斯珀里-雅克·罗伯茨。"

"真的？我还觉得这是我写《马里昂巴德》的时候凭空编出来的名字呢。"

对方露出了微笑："我母亲在你的书里读到这个名字的时候也大吃一惊。她也觉得我的名字是她自己凭空编出来的。"

"可能是我在哪里看见过你的名字，但只有潜意识里还记着。"

"万事皆有可能。有时候我们很难了解自己究竟知道什么，是吧？"他的语气很温和，奥利芙因此对他很有好感。他的话语还带着淡淡的口音，但是奥利芙分辨不出来。"你做了一整天的采访吧？"

"半天。你是第五个。"

"哎呀，那我长话短说。我的问题是关于《马里昂巴德》里的一个具体场景的，你不介意吧？"

"可以。没问题。"

"是航天港的一个场景。"他说，"你写到，威利斯听到了小提琴声，接着就……瞬间转移了。"

"这段确实比较奇怪，"奥利芙说，"很多人都问过我。"

"我有个问题想问你。"加斯珀里犹豫了片刻，"听起来可能有点……我不是想打探隐私。我只是想问，这一段是不是有……我很好奇，书里的这一段描写是不是基于个人经历？"

"我一直对自传体小说不感兴趣。"奥利芙这么说着，却不敢和他对视了。她总觉得看着自己交握的双手能稳定情绪，但她不知道起作用的是手还是衬衫——无可挑剔的白色袖口。衣服即铠甲。

"是这样的，"加斯珀里说道，"我不是要为难你，也不是要逼问你，我只是好奇，你是不是在俄克拉何马城的飞艇航站楼遇到过什么怪事。"

房间里静悄悄的，奥利芙能听见大楼轻柔的哼唱，是通风系统和管道的动静。如果不是在行程快结束的时候遇见加斯珀里，如果奥利芙不是这么疲惫，她大概是不会承认的。

　　"我不介意说出来,"她说,"不过我担心,要是将它写进采访的终稿,大家会觉得我是一个怪人。这一段可以不公开吗?"

　　"可以。"他说。

四　　瘟鸡

2401

Sea of Tranquility

# 1

恒星不会永远燃烧。你可以说"这是世界末日了"，并且是发自内心地感叹，不过这种漫不经心的说法中少了一层意思，那就是世界最终真的会走向终结。不管"文明"究竟是什么，终结的不是"文明"，而是我们的地球。

但这并不是说那些小事的终结不会让人感到一无所有。我到时间研究所受训的前一年，曾经到朋友以弗仑家里聚餐。他刚从地球度假回来，说起他带着四岁左右的女儿美莹去墓园里散步的事。以弗仑是个树艺师。他喜欢去古老的墓园里观察那些树木。但以弗仑告诉我，他们看到了一个四岁女孩的坟墓，那之后他就只想离开了。他习惯墓园的环境，还常常到各处参观，也总是说在墓园里非但不觉得压抑，反而感到很宁静，直到那座坟墓让他心里一紧。他注视着那座坟墓，难过到无以复加。而且那天是地球上最令人讨厌的盛夏天气，空气潮湿得厉害，他觉得自己喘不上气。无休无止的蝉鸣也让人烦躁。他感觉到汗珠顺着后背直往下淌。他跟女儿说他们该回去了，但是美莹在墓碑旁边磨蹭了一会儿。

"要是她的父母很爱她，"美莹说，"那他们一定觉得这是世界末日了。"

以弗仑对我说，这个想法敏锐得让人不寒而栗，他不由自主地站在那儿凝视着女儿，脑海里浮现出一个问题："你是从哪儿来的？"他们好不容易才离开墓园。"她非要走一步停一下，观察每一朵该死的野花和每一颗松果。"他说，之后他们再也没去过那儿。

这些就是我们日常生活中终结的世界：夭折的孩子，让人感到一无所有的失去。但是，地球的终结意味着实实在在的一无所有，而不是比喻意义上的末日，殖民地就是由此而来。第一个月球殖民地被当成一个原型，一次试运行，最终的目的是在几个世纪后迁居到其他恒星系。"因为我们别无选择。"在第一个殖民地宣布动工的新闻发布会上，中国领导人说道，"不管我们愿不愿意，这只是早晚的问题，否则我们只能任由全人类的历史和成就在几百万年之后被一颗超新星吞没。"

三百年之后，我在我姐姐佐伊的办公室里看了这场发布会的录像。中国领导人站在讲台后面，身边围着几个官员，台下是一群记者。一个记者举手提问："确定会是一颗超新星吗？"

"当然不确定，"领导人回答道，"什么都有可能。流浪行星、小行星风暴，都有可能。问题的关键是，地球围绕着恒星运转，而恒星终归要消亡。"

"如果恒星会消亡，"我对佐伊说，"那围绕地球转动的月球也会消亡啊。"

"自然，"她说，"不过我们这儿只是一个原型，加斯珀里。我们这儿只是为了证明一个概念。在远地殖民地，人类已经生活了一百八十年。"

$2$

　　第一个月球殖民地建在了寂静的静海平原，在很久之前的某个世纪，"阿波罗 11 号"的宇航员就是在那附近登陆的。他们当时留下的旗帜还插在那里，远远地，在平静无风的月球表面仿佛一个脆弱的小雕像。

　　月球移民引起了人们相当大的兴趣。地球此时已经拥挤不堪，大片的土地因为洪灾或是高温变得不再适合居住。殖民地的建筑设计师为住宅开发预留了充足的空间，房子也很快被一抢而空。一号殖民地住满了人，经过开发商的成功游说，第二个殖民地也开建了。可惜的是，二号殖民地建得有点仓促，不到一个世纪，主穹顶的照明系统就出了问题。照明系统模拟的是地球的天空——和抬头只看见黑洞洞的空虚相比，抬起头能看到蔚蓝景象令人心情舒畅。系统坏了之后，就不再有虚拟的大气层，不再有变化的像素投下云朵的形状，不再有被精确调节预定的日出日落，也不再有蔚蓝景象。这倒不是说头上一片黑暗，只不过那种光和地球上的太不像了：遇到晴天，移民者抬头看到的是太空。无尽的黑暗衬着明亮的光线，这让有些人觉得头晕目眩，至于这究竟是生理反应还是心理原因，还有待商榷。更严重的问题是，穿顶照明的失灵打破了一天二十四小时的幻觉。如今太阳迅速升起，两周之后落下，接着是连续两周的黑夜。

修理照明系统的费用高得令人望而却步。居民们想了一些办法以适应新情况——给卧室窗户装上百叶窗，这样晚上即使太阳当空也可以睡觉；白天没有太阳的时候，街道上的照明会被调亮。但是房价开始下跌，有条件的人大多搬去了一号殖民地或者新建成的三号殖民地。渐渐地，很少再有人提起二号殖民地，大家都管这个地方叫"夜之城"。这里的天空永远漆黑一片。

我是在夜之城长大的。在上学的路上，我会经过作家奥利芙·卢埃林的童年故居，她在两百年前走过同样的街道，那时距离第一批月球定居者登陆还没有多久。她的故居是一座小房子，街道两侧绿树成荫，看得出来，这里的景致曾经令人赏心悦目，但从奥利芙·卢埃林小的时候到现在，这一片的景象每况愈下。那所房子如今破旧不堪，一半窗户都被封住了，墙上画满了涂鸦，不过前门的小牌子还在。我本来并没有留意过这所房子，一直到母亲告诉我，我的名字就来自《马里昂巴德》里的一个小角色。《马里昂巴德》是卢埃林最著名的作品，我没看过，我不喜欢看书，不过姐姐佐伊看了之后告诉我：书里的加斯珀里-雅克和我一点也不像。

　　我决定不去问她这句话是什么意思。她读那本书的时候我十一岁，那么她就是十三四岁。那会儿她已经是一个做事认真、目标明确的人了，不论她下定决心做什么，她显然都会做得比别人好。而我十一岁的时候，已经隐约感觉到自己也许成不了我想成为的那种人，所以我很怕她告诉我说，书里的那个加斯珀里－雅克不仅长得特别帅，而且为人处世也叫人钦佩，比如学习特别认真刻苦，也从来没有小偷小摸的行径。尽管如此，我还是对奥利芙·卢埃林的童年故居暗暗地生出了一丝敬意。我感觉这所房子和我的命运息息相关。

　　房子里住着一家四口，一个男孩、一个女孩和他们的父母，他们总是一副惨兮兮的样子。有的人好像有种奇怪的天赋，总让人觉得他们不安好心。他们一家就是这样，像是一蹶不振了。这家人姓安德森，两个大人整天坐在门廊上，不是低声争执就是呆望着远处。那个男孩性情粗暴，在学校里经常打架。那个女孩儿和我年纪差不多，喜欢在前院里玩全息影像，是那种老式的镜像全息，她有时候会跟着一起跳舞。那是我唯一一次看见安德森家的女孩在家里露出笑容。她转着圈蹦蹦跳跳，那个全息影像也陪着她转着圈蹦蹦跳跳。

　　我十二岁那年，这个安德森家的女孩和我分到了一个班，我于是知道她原来叫塔莉娅。塔莉娅·安德森是个什么样的人？她喜欢画画。她会在操场上做后空翻。她在学校里看起来比在家里开心多了。

　　有一天我们一起在餐厅里排队，她突然说：“我认识你。你总是从我家门前经过。"

"因为顺路啊。"我说。

"去哪儿顺路？"

"这个嘛，去哪儿都顺路。我住在那条死胡同的尽头。"

"我知道。"她说。

"你怎么知道我住在哪儿？"

"我也从你家门前经过。"她说，"我会从你们家邻居的草坪上穿过去，去'边缘'那儿。"

我们家的草坪尽头被一丛叶子遮挡着。拨开叶子就是边缘路，也就是环绕着夜之城穹顶内环的路。边缘路对面有一片怪怪的荒地，一条近十五米深的壕沟隔开了马路和穹顶。硬毛刷、灰土、杂草、垃圾填满了这片空间。这是个被遗忘的角落。母亲不喜欢我们到那儿去玩，所以佐伊从来没有因为好奇而穿过边缘路——她一向很听话，这一点很气人。不过我喜欢那种荒凉的感觉，喜欢那种失落的王国中若有若无的危险气息。那天放学后，我穿过了空无一人的马路，我已经有几周没去那里了。我在那儿站了好一会儿，两只手按在穹顶上，向外面张望。那种复合玻璃特别厚，外面的一切都像梦境一般，显得朦胧而遥远，不过我还是能看见零星的陨石坑、流星、灰色的月球表面。一号殖民地的不透明穹顶在不远处散发着光亮。我忍不住好奇，塔莉娅望着这片月球景色时，心里会想些什么呢？

那年过了差不多一半，塔莉娅从班里转走了。再次见到她的时候，我已经三十多岁，我们成了一号殖民地月神大酒店的同事。

　　我到酒店上班的时候，我母亲已经去世一个多月。母亲病了很长时间，拖了几年，到后来我和佐伊基本上就等于住在了医院里。最后那一周，我们没日没夜地守在她身边，像一对疲惫不堪的战友轮流放哨，而母亲不是喃喃自语就是昏睡不醒。死亡近在眼前，但徘徊着没有走近，比医生估计的日子久得多。母亲一直在邮局工作，从我们很小的时候起就是，但在她弥留之际，她恍惚以为自己还在物理实验室当博士后，一直颠三倒四地念叨着什么方程和模拟假说。

　　"你能听明白她在说什么吗？"我有一次问佐伊。

　　"大部分能吧。"这时候佐伊一般都坐在床边，闭着眼睛听母亲说话，好像在听音乐。

　　"能跟我说说吗？"那种感觉就像站在一个秘密俱乐部门外，鼻子贴着玻璃，朝里面张望。

　　"你说模拟理论吗？好。"她没有睁开眼睛，"想想全息影像和虚拟现实发展得有多快吧，单单是这几年就足以以假乱真了。如果我们现在就能对现实进行可信的模拟，那想想看，再过一两个世纪，这类模拟会发展到什么程度。所谓的模拟理论，就是说我们不能排除'一切现实都是模拟的'这个可能。"

　　我已经两天没睡觉了，我感觉自己在做梦。"好吧，可要是我们都生活在计算机里，那这个计算机又是谁的？"

　　"谁知道呢？也许是几百年后的人类？也许是外星智慧生物？这不是什么主流理论，不过时间研究所里时不时地就会有人提起它。"她说着睁开了眼睛，"老天，这句就当我没说。我太累了。我不该说的。"

"当你没说什么？"

"时间研究所那句。"

"行。"我答应了一句，她又闭上了眼睛。我也闭上了眼睛。母亲不再喃喃自语，这时候传到我耳边的只剩下粗重的呼吸声，每两次呼吸之间都是长长的静默。

那一刻来临的时候，我和佐伊都睡着了。在凌晨疲倦而灰暗的光线中，佐伊叫醒了我，我们一起坐在母亲定格的身影前，沉默地、敬畏地守了很久。我们办妥了手续，拥抱着告别，之后分道扬镳。我回到了我那间巴掌大的公寓，接连几天都窝在家里，唯一和我说话的是我养的猫。之后是葬礼，再之后我依旧无所事事。我得找一份新工作——我有好一阵子都没有工作了，全靠积蓄过活。就这样，葬礼之后又过了一个月，我坐在了酒店人力资源负责人的地下办公室里，面对一个略微有些眼熟的金发女人，办理招聘启事上所说的"酒店侦探"职位的入职手续，但我对具体的工作内容一无所知。

"我得实话实说，"我对她说，"我其实不太清楚酒店侦探这个职位都涉及哪些工作内容。"

"其实就是酒店保安。"她说。我发现我想不起她的名字了。娜塔莉？娜塔莎？"这个职位名称不是我想出来的。你不是来当侦探的。可以说，这就是个安保工作。"

"我想问清楚，免得让人误解。"我说，"我在还差几个月毕业的时候退学了，所以没有拿到刑事司法学学位。"

"咱们都实话实说怎么样，加斯珀里？"她说。我肯定自己认识她。

"请讲。"

"你的全部工作就是注意周围发生了什么，发现可疑情况就立刻报警。"

"我能胜任。"

"你好像有点怀疑。"她说。

"我不是怀疑我自己。我的意思是，我不是怀疑自己能不能胜任。只不过，我就是……难道不是谁都能胜任吗？"

"你根本想不到。能集中注意力的人并不好找。"她说，"总的来说，走神是个普遍性问题。你还记得第一次面试时的那个测验吗？"

"当然记得。"

"那就是评估注意力的。你的分数很高。告诉我，你认可你的测验结果吗？你能专心观察吗？"

"能。"我说。说出这个字的时候，我心里很高兴，因为我以前从来没有认真地思考过这一点，不过我感觉自己一辈子都在仔细观察各种事物。我在很多事情上都不在行，不过我一直都很善于观察。我之所以发现前妻移情别恋，就是因为我的细心观察。其实并没有明显的线索，只是一个微妙的转变……但是那个人事主管又开口说了什么，我于是把自己拉回了现实。

"等一下，"我说，"我认识你。"

"你的意思是，在这次见面之前就认识？"

"塔莉娅。"我说。

她的表情变了。面具卸掉了。她再次开口时的语气也不一样了，对世界不再那么兴致盎然了。"我现在叫娜塔莉，不过你说得没错。"她注视着我，沉默了片刻，"我们曾经是同学，是吧？"

"死胡同的尽头。"我说。她第一次在这场交谈中露出了真心的微笑。

"我在边缘路常常一站就是几个小时，"她说，"朝玻璃外面张望。"

"你后来又去过吗？夜之城？"

"再也没有。"她回答说。

## 3

　　"再也回不去的夜之城。"这句话有种韵味，让我很喜欢，所以总在我脑海里挥之不去。刚入职的那几周，我常常在琢磨这句话，因为这份工作实在是无聊得要命。酒店的装修是复古风格，所以我每天都穿着一套老掉牙款式的西装，头戴一顶形状奇特的帽子，叫费多拉礼帽。我在走廊里巡视，在大堂里值守。我按照指示，注意每一个人、每一件事。我一直都喜欢观察别人，只是没想到酒店里的客人居然都出奇地无聊。他们要么是入住的，要么是退房的。在各种各样的时间段都有人到大堂点咖啡。他们要么喝得醉醺醺的，要么没有；要么是生意人，要么就是出来度假的一家人。他们一路风尘仆仆，焦头烂额。总有人想偷偷地把狗带进来。在前六个月里，我只有一次需要报警，因为我听见一间客房里传来一个女人的尖叫声，而且那次也不是我报的警——我找了夜班经理，是他帮我报了警。急救员把那个女人抬出去的时候，我也不在场。

这份工作很安静。我常常走神。"再也回不去的夜之城。"塔莉娅在那里的生活是什么样的？她显然过得不太好，就算是傻子也看得出来。总有些家庭比别家过得好一些。他们一家从奥利芙·卢埃林的故居搬走之后，又有一家人搬了进去，但是我发现我对后面这家人没什么印象，只是大概记得那里一片萧条。在酒店上班的时候，我偶尔才能见到塔莉娅，一般都是在她下班穿过大堂时。

那段日子我住在一间乏味的小公寓里，周围那一片也都是乏味的小公寓，在一号殖民地最边上，离边缘路很近，穹顶几乎是贴着公寓大厦楼顶的。在漆黑的夜晚，我有时候喜欢穿过街道，走去边缘路，隔着复合玻璃注视远处闪闪烁烁的二号殖民地。在那段日子里，我的生活乏味而狭窄，一如我的公寓。我尽量让自己不去过多地思念母亲。我白天在家里睡觉。我的猫总会在傍晚时分把我叫醒。我会在日落的时候吃一顿饭，既可以叫晚饭，也可以叫早饭。我吃完饭就换上制服，去酒店里盯着人看，一看就是七个小时。

姐姐佐伊过三十七岁生日的时候，我在酒店里已经工作了六个月左右。姐姐是个物理学家，在大学里专门研究什么量子区块链技术，虽然她认真地跟我解释过好几次，但我还是对此一窍不通。我给她打了个电话，祝她生日快乐。就在她接起电话前那一瞬间，我才突然想起来，我一直忘了祝贺她拿到终身教职。是什么时候的事了？一个月前吗？一种熟悉的愧疚感油然而生。

"生日快乐。"我说，"还有，祝贺你。"

"谢谢，加斯珀里。"她从来不会因为我的疏忽耿耿于怀，而我一直想不明白为什么这件事让我很难受。你爱的人需要保持一种宽大为怀的心态才能和你相处，这总会让你有种微微的、特定的疼痛感。

"感觉如何？"

"你是说人到三十七岁？"她的语气听起来很疲惫。

"不是，我是问你拿到终身教职后，感觉和以前不一样了吗？"

"感觉稳定下来了。"她说。

"那你生日有什么计划？"

她沉默了片刻，然后说："加斯珀里，今天晚上你能想办法到我办公室来一趟吗？"

"当然了，"我说，"当然可以。"

她什么时候请我去过她办公室吗？只有那么一次，还是好多年之前，那时候她刚刚上班。那所大学离我住的地方不太远，但是那里根本属于另一个宇宙。我上一次见她是什么时候？我算了算才发现，有好几个月了。

我给酒店打电话请了个病假，然后在沙发上躺了一会儿，享受突然降临的自由。玛文，也就是我的那只猫，费力地爬到我胸前，摊开四条腿，呼噜呼噜地睡着了。夜色在我面前延伸，所有妙不可言的空闲时间都闪耀着希望。我把玛文抱了下去，自己冲了个澡，换上一身像样的衣服，在一家面包店里买了四个纸杯蛋糕——我选了红丝绒蛋糕，但愿佐伊现在仍然最爱吃这个。晚上七点，太阳落山了，穹顶的那一头被染成了一片橘黄和粉红。我搬来一号殖民地有一年了，但还是觉得这里的穹顶照明像舞台灯光那么刺眼。四个蛋糕够吗？是不是该买点花？我买了一束低调的黄花，赶到时间研究所门口的时候是七点半。我摘下墨镜，接受虹膜扫描，经过六次虹膜扫描之后，我还尴尬地拿着墨镜，就看见佐伊正在办公室里来回踱步。她看上去一点也不像一个要庆祝生日的人。她心不在焉地从我手里接过花，顺手往办公桌上一放。我从她的动作看得出来，花一离手，她就彻底忘了这件事。我猜测是不是她刚刚被人甩了，不过佐伊的恋爱生活一向是个禁忌话题。

"哦，谢天谢地。"她看见我递来的一个蛋糕说，"我彻底忘了吃饭。"

"你好像有烦心事。"

"我有个东西想给你看，行吗？"

"当然了。"

她在办公室墙壁上一个不显眼的控制台上点了一下，一个全息投影立刻占满了半个房间。画面中是一个男人，他站在舞台上，周围摆满了某种笨重而古老的仪器，看不出来是干什么用的。他头顶上有一个老式屏幕，是那种白色的长方形，在昏暗的灯光下飘在半空中。我觉得这一幕应该有年头了。

"这是一个朋友发给我的，"佐伊说，"她在艺术史系工作。"

"投影里的那个家伙是谁？"

"他叫保罗·詹姆斯·史密斯，是21世纪的作曲家兼视频艺术家。"

她按了播放，房间里随即响起了三百年前的音乐，风格模糊而多变。想必是氛围音乐吧。我对音乐没什么研究，但我觉得这家伙的作品有点让人心烦。

"好了，"佐伊说，"现在注意他头上的白色屏幕。"

"我该看什么？上面什么也没有啊。"

"接着看。"

屏幕亮了起来。视频里拍的是地球上的森林。镜头有点抖。录像的人沿着一条林间小路，朝着一棵枝繁叶茂的大树走去，那是地球上的物种，殖民地这儿没有。音乐停了下来，男人抬头看着屏幕。屏幕突然黑了。接着是一阵奇怪的杂音——一段小提琴的旋律、人群熙攘的动静，还有飞艇起飞时液压系统的嗖嗖声。这一幕结束后，森林再次出现在镜头里。一瞬间，画面晃得厉害，就好像录像的人忘了手里还拿着相机似的。森林渐渐消失了，但音乐又继续了。

"仔细听，"佐伊说，"听声音的变化。录像里那段小提琴的也出现在史密斯的音乐里，听到没有？同样的乐旨，五个音符的旋律。"

我没有听出来，但接着就听出来了。"听到了。这有什么意义吗？"

"这意味着……那段奇怪的画面，那段故障，不管究竟是什么，都是演出的一部分。这说明那一段不是技术问题。"她按了暂停。她看起来很困惑，但我不明所以。"表演还没结束，"她接着说，"不过后面的都没什么意思。"

"你让我过来，就是想让我看这个？"我这么问只是要确认一下。

"我需要和一个我信得过的人讨论讨论。"她说着拿起了自己的通信器，我随即听见我的通信器响了一下，提示我收到了文件。

她发了一本书给我：《马里昂巴德》，奥利芙·卢埃林著。

"这是妈妈最喜欢的小说。"我说。我不由得想起了母亲，黄昏时分坐在门廊上看书的母亲。

"你看过吗，加斯珀里？"

"我从小就不怎么爱看书。"

"直接跳到高亮标注那部分，要是发现了什么就告诉我。"

一本我从来没看过的书，还要从中间读起，这让我有点迷糊。我找到高亮标注的部分，从前面几段读了起来。

我们知道会有这一天。

我们知道会有这一天，所以早有准备，至少在之后的数十年里，我们对孩子们是这么说的——对我们自己也是。

我们知道会有这一天，但还是抱着将信将疑的心态，因此我们没有大张旗鼓，而是静悄悄地准备着。"我们有必要囤整整一架子鱼罐头吗？"威利斯这么问他丈夫，对方语焉不详地说是应急准备……

因为那种原始的恐惧并非理智所能解释，令人难以启齿：要是你说出你所恐惧的那个东西，会不会让那东西盯上你？我们羞于承认，但在最初的几周里，我们的确对心里的恐惧含糊其词，因为说出"大流行病"这个字眼也许就会给我们招来大流行病。

　　我们知道会有这一天，却不以为意。我们用大而化之的夸夸其谈来转移恐惧。新闻报道温哥华出现聚集性感染的那天，也就是英国首相宣布伦敦的初期疫情得到完全控制三天之后，威利斯和多弗照常出门上班，两个儿子艾萨克和萨姆也照旧上学，晚上，一家四口在他们最喜欢的餐馆吃饭，这天餐馆里也坐满了客人。（事后想来，这简直有点像恐怖电影：想象一下，一团团看不见的病原体悬浮在空气中，在桌子之间飘动，在经过的服务员身后打着旋。）多弗对威利斯说："要是温哥华有，那咱们这儿显然也有。"威利斯跟着说："肯定有，我敢打赌。"接着替多弗续了一杯水。

　　"温哥华有什么？"九岁的艾萨克问。

　　"没什么。"两个人异口同声，而且丝毫不觉得内疚，因为他们觉得这么说并不算撒谎。大流行病的到来不像战争，你听不见隆隆的炮声日益迫近，也看不见地平线上炸弹的火光。基本上，人们总是在事后才知晓大流行病的到来。大家都很迷茫。大流行上一刻还远在天边，接着就把你包围了，好像没有一个过渡。

社区剧院临时闭馆之后，多弗对着卧室的镜子练台词："这就是应许的结局吗？"

我们知道会有这一天，做法却自相矛盾。我们囤积物资，以防万一，但依然送孩子去上学。不然要是孩子在家里，还怎么好好干活？

（我们那时考虑的还是怎么好好干活。事后回想起来，最不可理喻的就是我们每个人都完全忽略了重点。）

学校停课的前几天，疫情成为新闻头条时，威利斯感叹："天哪，感觉好复古啊。"

"是啊。"多弗说。他俩都四十多岁了，这个年纪的人都经历过埃博拉 X 病毒，但是那次持续了六十四周的封控早已褪为他们模糊的童年记忆。那段日子既不可怕也不愉快，陪伴他们的是数不清的动画片和想象中的朋友。也不能说那是"失落的一年"，毕竟中间也有美好的时刻。他们的父母都算是称职的家长，没有让孩子生活在恐惧之中。这就是说，那段岁月虽然孤单，但也不是不堪忍受。冰激凌管够，面对屏幕的时间也多了。解封的时候他们很开心，但是过了几年之后，他们也就很少记起当时的情形了。

"'复古'是什么意思？"萨姆问。

威利斯看了小儿子一眼，脑海中浮现出一个想法——也许上学不是个好主意。他后来一直记着这一点。尽管如此，旧的世界尚未消逝，所以第二天早上，他还是帮萨姆和艾萨克装好了午餐，送他们去了学校，然后走到明媚的阳光下，上了一辆接驳车，去了飞艇航站。这就是一个普普通通的早上，他头顶是一片纤尘不染的蓝天。

在航站楼里，威利斯停下脚步，欣赏一个卖艺人的表演。那人在一条空旷的入口走廊里拉小提琴。年迈的小提琴家演奏的时候闭着眼睛，他脚边的帽子里已经攒了些硬币。他手里的那把小提琴看起来很古老，做琴的木头像是真材实料。威利斯绝不是什么声学专家，但他感觉那把小提琴的音色中透出一种暖意。威利斯正在聆听那支曲子，听着琴音升高，盖住了早上通勤的嘈杂声，突然——

眼前漆黑一片，接着是奇怪的、突如其来的光线——

他感觉到了森林、清新的空气、一棵棵树木包围着他、夏日，但幻觉转瞬即逝——

他又回到俄克拉何马城的飞艇航站楼，周围是西口走廊冰冷的白色墙面，他眨着眼睛，头昏目眩。"我刚刚被什么东西攫住了。"他脑海里冒出这样一个念头，但这个解释无法让他自己信服，因为他说不出攫住他的是什么"东西"。一片黑暗，还有周围的森林，究竟是什么？

他这时恍然大悟：是来世。

那片黑暗就是死亡，他这么告诉自己。森林就是死后的世界。

威利斯不相信真有什么来世，不过他相信潜意识，他相信人有时候已经知道结局，只是意识不到。他几乎是不假思索地朝反方向走去，没有登上通勤的飞艇。他不知道自己要去哪儿，直到他发现自己站在了两个儿子的校门口。

"你何必要把孩子接回去呢？"校长问他，"威利斯，我一直在关注新闻，只有温哥华有几个病例。"

我关闭文档，把通信器放回口袋，莫名地感到心神不宁。
"看到了吧？"佐伊说，"那段视频和小说里那段描写就像镜像。"
我的确看到了。21世纪有一个人站在森林里，眼前漆黑一片，还听到了两个世纪之后飞艇航站楼里的动静。23世纪有一个人站在飞艇航站楼里，眼前漆黑一片，继而产生了一种强烈的感觉，仿佛自己置身在森林。

"她可能看过那段视频。"我试着猜测，"我是指奥利芙·卢埃林。她可能看过，然后把这段情节写进了小说。"我对自己的这个猜测暗暗感到得意。

"我想过这一点。"佐伊说。"那是当然了"，我这么想着，但没说出来。这是我们姐弟俩的主要不同点：佐伊想事情总是面面俱到。"不过还有一件事。我的小组上个月一直在搜集资料，查找那个作曲家长大的地方。今天下午，我们找到了一封信。"她说着就在投影上滚动浏览文件，但是投影被设成了隐私模式，所以从我的角度看来，她那只手就像在云层中穿梭。"在这儿。"她说。

一道投影突然在我们中间冒了出来。那是一份手写的文件，是用外语字母写的。

"这是什么？"

"我觉得这可能是一份支持性证据。这是一封信。"她说，"年份是 1912 年。"

"这是什么文字？"我问。

"你不知道这是什么文字？"

"怎么了，我应该认识吗？"我又仔细看了看，这回认出了一个词。不对，有两个。看起来和英语很像，不过字母又弯又斜，虽然看上去有种美感，但每个字母都写得残缺不全。这是某种原始英语吗？

"加斯珀里，这是草体字。"她说。

"我没听说过啊。"

"这样啊，"她用的是那种气人的耐心语气，我就知道会这样，

"那转成语音吧。"

她伸手在云层里拨了两下，房间里随即响起一个男人的声音。

伯特：

谢谢你 4 月 25 日的来信，这封信慢吞吞地跨过大西洋，横穿加拿大，今天晚上刚刚送到我手里。

你问我近况如何？要是说实话呢，大哥，那就是我也说不好。我现在身在维多利亚，借着烛光给你写信——但愿你能原谅我这么小题大做，不过我感觉这是我应得的。我在一处宜人的寄宿公寓落了脚。我已经彻底放弃白手起家的念头，现在唯一的愿望就是回家，不过我的流放生活过得也很舒心，汇款足够我的日常开销了。

这里的日子很古怪。不对，这么说不准确。这里的日子很无聊——是我自己的问题，和加拿大无关。不过我在野外有一段古怪的遭遇，我尽量原原本本地讲给你听。我前一段时间和尼尔的一个老同学一起从维多利亚北上，这个人叫托马斯·马约，不过他的姓我可能写得不对。我们花了两三天的时间，搭乘一条载满了粮食的整洁的小汽船，沿着海岸线一路向北，最后来到一个叫凯耶特的小村子。村了里有一座教堂、一个码头、一个单间校舍，外加几所房子。托马斯随后去了伐木场，沿着海岸线再往北一点就到了。我决定暂时就在凯耶特的寄宿公寓安顿下来，欣赏当地的美景。

## 静海　Sea of Tranquility

　　九月初的一天早上，我壮着胆子走进了森林。至于原因，说来无聊，所以不说也罢。我刚走出几步，就看见一棵枫树。我停下脚步，想缓口气。这时发生了一件事，我当时觉得像是某种灵异事件，但是事后回想，我又觉得可能是我犯病了。

　　我当时站在森林里，头顶阳光普照，突然间眼前一片黑暗，就好像房间里的蜡烛冷不丁地熄灭了。在黑暗中，我听见了小提琴的旋律、一阵难以捉摸的嘈杂声，还有一种奇怪的感觉，好像我一瞬间来到了室内，是那种空旷的、有回声的地方，就像火车站。接着一切都结束了，我仍然站在森林里。就好像刚才并没有发生什么。我跌跌撞撞地回到沙滩上，在岩石边吐得厉害。第二天早上，为了健康着想，我决定离开那里，回到貌似文明的地方。于是我又返回了小城维多利亚，一直住到了现在。

　　我住在港口附近的寄宿公寓里，房间里应有尽有，我每天的消遣就是散步、看书、下棋，偶尔画点水彩画。你也知道，我一向喜欢花园，这里有一处公共花园，给了我莫大的慰藉。我不想麻烦别人，不过还是去看了医生，他笃定地说我是得了偏头痛。看来是一种很不寻常的偏头痛，发病的时候头也不疼。不过我决定接受这个诊断，不再寻求其他的解释了，但是我忘不了那次遭遇，一想起来就心神不宁。

　　希望你一切安好，伯特。请向母亲及父亲转达我的爱意和敬意。

埃德温

音频播完了。佐伊一挥手，把投影推回墙上，走到我旁边坐了下来。她看起来忧心忡忡，我从来没见过她这副模样。

"佐伊，"我开口说，"你好像格外心烦……但我不太明白为什么。"

"你的通信器用的是哪个操作系统？"她问我。

"西风。"

"跟我的一样。你还记得两年前的那件事吗？西风出了一个奇怪的漏洞，不过只持续了一两天，当你打开一个文本时，却只会播放你听过的最后一首音乐。"

"当然记得。那种情况很烦人。"我对那件事只是隐约有点印象。

"那是因为文件损坏了。"

我感觉到有一个可怕的庞然大物在周围盘旋，但我触摸不到。

"你是说……"

佐伊将两条胳膊支在桌子上，一边说话，一边用两只手托住额头。

"如果不同世纪的某些瞬间相互渗透，那么，这么说吧，加斯珀里，你可以把这些瞬间想象成损坏的文件。"

"某个瞬间怎么会和文件一样呢？"

她非常平静："你就当它们一样好了。"

我试着想了想。一系列损坏的文件，一系列损坏的瞬间，一系列不相干的东西无缘无故地相互渗透。

"但如果一瞬间就是一个文档……"下半句我说不出来。虽然只是片刻的功夫，但我们所在的这个房间好像没有那么真实了。"办公桌是真实的，"我这么告诉自己，"办公桌上蔫掉的鲜花是真实的。墙上的蓝漆、佐伊的头发、我的双手、地毯也是真实的。"

"这下你明白我为什么不去庆祝生日了吧。"她说。

"这只不过是……听着，我明白事情很奇怪，这就是妈妈提过的那个，是不是？什么模拟？"

她叹了口气："相信我，我也想到了这一点。很有可能是我的思维受到了影响。你知道的，就是因为妈妈，我才当了科学家。"

我点点头。

"还有，"她接着说，"我知道这些都是间接证据，我没疯。这些只是对某种离奇遭遇的一系列描述。但是太巧合了，加斯珀里，这些瞬间好像在相互渗透，我忍不住觉得，它们似乎证明了什么。"

# 4

假如我们生活在模拟世界，那我们怎么知道它是模拟的呢？凌晨三点，我从大学出来，搭上了回家的电车。在车厢暖洋洋的灯光中，我闭上眼睛，感受一个个细节，并暗暗称奇。气垫车轻轻地震动着。各种声响传来——几乎察觉不到的车子移动的沙沙声、车厢各个角落里低低的交谈声，还有某个通信器溢出来的细微的游戏音乐。"我们生活在模拟世界"，我这么告诉自己，我想验证一番，但还是觉得无法相信，因为坐在我旁边的女人小心地捧着一束黄玫瑰，我能闻到花朵的香气。"我们生活在模拟世界"，但是我饿了，难道要我相信饥饿感也是模拟的吗？

一个小时之前，佐伊在办公室里说："我不是说这些线索能充分证明我们生活在模拟世界。我只是说，这些线索足够说明我们有必要调查一番。"

该怎么调查现实呢？饥饿的感觉只是模拟，我告诉自己，可是我想吃芝士汉堡。芝士汉堡是模拟的。牛肉是模拟的（这倒是真的。为了获取食物而杀害动物，在地球和殖民地上都是违法的）。我睁开眼睛，在心里想："玫瑰是模拟的。玫瑰花香是模拟的。"

"那该怎么调查？"我当时问佐伊。

"我觉得，应该去所有这些时间点走访。"佐伊说，"去找 1912 年写信的人，2019 年或 2020 年的视频艺术家，还有 2203 年的小说家，和他们谈一谈。"

我还记得当时新闻说科学家发明了时间旅行，紧接着政府专用设施之外的时间旅行就被禁止了。我还记得犯罪学课本里有一章专门介绍了所谓的"玫瑰循环"，那是一场灭世般的噩梦，历史被改变了二十七次之后，那个私自行动的旅行者终于退役，他造成的损失也得以弥补。我知道，在月球上二百零五个被判无期徒刑的罪犯中，有一百四十一人就是因为私自尝试时间旅行而违法的。成功与否并不重要，只要做了，等待你的就是终身监禁。

"加斯珀里，"佐伊当时这么对我说，"我不懂你为什么这么震惊。大楼上写的是什么？"

"时间研究所。"我老实回答说。

她注视着我。

"我一直以为你是个物理学家呢。"我说。

"这个……是的。"这两个字眼之间的停顿，代表了知识和成就之间的间隔，大小相当于太阳系。我听出了熟悉的善意，知道她又对我展示了宽大为怀。不能每个人都是天才啊，我想这么告诉她，但是我们十几岁的时候就讨论过这件事，并且不欢而散，所以我没有说出口。

电车停在了我那间公寓前面的街区，我告诉自己："我们生活在模拟世界。"但是这个念头太——哎，不现实了，我实在找不到一个更恰当的词去形容它。我说服不了自己。我不能相信。今天有一场预定降雨，我看了看手表，还有两分钟。我下了电车，故意慢吞吞地往家的方向走。我一直都很喜欢下雨，就算我知道雨水不是从云层里落下来的，也不影响我对下雨的喜爱。

# 5

在之后的几周里，我努力重新适应原本的生活节奏。我每天下午五点起床，在小小的公寓里一边听音乐一边做饭，喂猫，然后走路或者坐车去上班。晚上七点，我站在酒店里，隔着墨镜盯着大堂里的一举一动——大部分酒店员工都不戴墨镜，不过我生在夜之城，对光线敏感，受不了穹顶漫射的强光，所以人力负责人特批，允许我佩戴墨镜。我一边站岗，一边思索周围有哪些东西可能不是真的：大堂的石质地面、我衣服的布料、我的双手、我的墨镜、一个女人穿过大堂的脚步声。

"晚上好，加斯珀里。"这个女人说。

"塔莉娅。嗨。"

"你好像正专心致志地研究大堂地面。"

"我能随便问你一个问题吗？"

"好啊，"她说，"我今天过得很无聊。"

"你有没有思考过模拟假说？"我觉得问一问是值得的。我脑袋里只有这一个想法。

她挑了挑眉毛："你是说我们可能生活在模拟世界的那个理论？"

"没错。"

"老实说，我还真想过。我不相信我们生活在模拟世界。"塔莉娅的目光越过我，越过大堂，一直望到街面上，"我也不知道，可能是我太天真吧。不过我总觉得模拟世界应该比现在美好，你说呢？我是想说，既然费心去模拟那条街道，那就说路灯吧，那干吗不让所有的路灯都正常运行呢？"

街对面的路灯一直忽明忽暗，有好几周了。

"我理解你的意思。"

"好吧，那就这样吧，"塔莉娅说，"晚安。"

"晚安。"我继续练习。每注意到一样事物，我就告诉自己，没有一样事物是真实的。可惜塔莉娅的观点让我心烦意乱。那时候，人人都对月球殖民地的简陋寒酸绝口不提。我觉得大家都感觉这件事有点尴尬。

这天晚上，我过去找佐伊，她是这么说的："是啊，不得不说，魅力渐渐消失了。"我凌晨两点下班，打电话问能不能过去见她。我知道她一定没睡——她也一直没能改掉在夜之城的生活习惯，而且她也和我一样，宁愿整夜醒着。她正好请了几天假，所以我就坐车去了她的公寓。我只到过她家里几次，已经忘了屋里有多黑。她把墙刷成了深灰色。她收藏了一些老式的纸质书，大部分都是讲历史的。墙上挂着一幅装裱起来的画，是我们小时候一起画的。我很感动。当时应该是我四岁、她六岁，我们画下了自己：一个男孩和一个女孩，在一棵五颜六色的树底下手拉着手。

"那魅力哪儿去了？"我问。她毫不吝啬地给我倒了一杯威士忌，我喝得很慢，因为我酒量一向不太好。而她已经开始喝第二杯了。

"想必是去了新的殖民地吧。提坦，大概吧。欧罗巴。远地殖民地。"我们坐在她的餐桌旁。她家对面就是时间研究所，我在智力上能够理解这个研究所是干什么的，但是一直没办法完全消化。佐伊的生活里都有些什么？她跟母亲非常亲密，如今母亲不在了，佐伊至少还有工作。就我所知，她在工作以外就没有其他的生活了，不过我又有什么资格评判她呢。我倚在椅背上，目光越过时间研究所的屋顶，眺望远处寒光闪闪的尖塔。我能移民到远地殖民地吗？简直是异想天开。然而，随之而来的想法自然是："如果我们生活在模拟世界，那么远地殖民地也就不是真的了。"

"他们后来结局如何？"我问，"20世纪那封信的作者，叫埃德温还是什么来着，还有奥利芙·卢埃林？"

佐伊不知不觉地把第二杯也喝光了，而我的第一杯还只喝了一半。她接着开始喝第三杯。

"那封信的作者上了战场，回到英国之后整个人意志消沉，最后死在了精神病院。奥利芙·卢埃林死在了地球上。她当时在参加巡回售书，遇上了大流行病暴发。"

"佐伊，"我说，"你的调查开始了吗？"

"算是吧。正在进行初步讨论。旅行的各种规定很烦琐。"

"你会不会有机会……会让你去旅行吗？"

"几年前，我差点从时间研究所辞职。"她说，"我答应留下来，唯一的条件是我再也不去旅行了。"

"你穿越过时间？"那一刻，我对姐姐产生了无限的敬畏，"你去哪儿了？"

"我不能告诉你。"她神情严肃。

"那能不能至少告诉我，你为什么再也不想旅行了？我本来以为……"

"你本来以为很有意思。"她接口说，"是啊，一开始的确令人着迷。那是通往另一个世界的传送门。"

"对，我就是这么想的。"

"但是在出发之前，加斯珀里，你可能要花上两年时间做研究。上面派你去某一个时间点，你的任务是去调查某一件事，所以凡是你预计会遇到的人，你都要查找他们的资料。时间研究所里有几百号人，他们的工作就是研究那些死了几百年的人，给旅行者编写档案，而你的工作就是学习这些档案，直到把里面的全部内容背得滚瓜烂熟。"她顿了顿，喝了一口酒，"好，加斯珀里，想象一下这样的场景。你来到一场派对，这场派对发生在很久很久之前，而你清楚地知道房间里的每一个人会在哪一天以哪种方式死去。"

"真让人毛骨悚然。"我承认她说得有道理。

"而且有些人的死，明明轻而易举就能避免，加斯珀里。你可能会和一个女人说话，也许这个女人家里有年幼的孩子，而你知道，她会死在下周二，她在野餐的时候淹死了。但是你不能扰乱时间线，所以你无论如何都不能提醒她：'下周别去游泳。'你只能任由她死去。"

"不能把她从水里救上来。"

"是啊。"

我有好一会儿不知道该说什么，只好把目光投向窗外的屋顶和尖塔。我在心里琢磨，为了不破坏时间线而任由一个人死去，我究竟能不能做到？佐伊在静静地喝酒。

"这份工作需要你具备一种类似冷血的超然。"她最后说，"我说的是不是'类似'？其实不是类似冷血，纯粹就是冷血。"

"这么说，会有人穿越时间去调查这件事。"我说，"不过不会是你。"

"会有几个人，但我不知道都有谁。这又不是人人抢着干的活。"

"让我去吧。"我说。这一刻，我的想法是：那个将在下周二淹死的女人注定是要淹死的。

佐伊诧异地看着我。她脸颊上泛着两抹红晕，除此之外，她看起来毫无醉意。

"绝对不行。"

"为什么？"

"第一，这个工作极其危险可怕。第二，你的资格不够。"

"这还需要什么背景？就是回到过去，和人谈话，是不是？我是想问，都需要什么资格？"

"一连串的心理测试，加上数年的培训。"

"我可以啊。"我说，"我可以回去念书，完成需要的培训。你知道，我差点就修完了犯罪学的相关课程。我知道怎么问问题。"

佐伊没有说话。

"你们希望知道的人越少越好，是吧？"我说，"万一模拟世界的事情传扬开，想想看，那会造成多大的恐慌。"

"我们还不知道我们就生活在模拟世界，而且我觉得'恐慌'这个词并不准确。说是极度 ennui[1] 还差不多。"

我暗暗决定过后得查查这个词。有些词，你在生活中总能见到，可你一直都不知道它的意思。

"佐伊，"我说，"我现在就是在浪费生命。"

"别这么说。"她想也没想就说道。

"而这个……这个情况，"我说，"这件事，不管是什么，就说是一个可能吧，我这一辈子，从来没有对什么事这么感兴趣过。"

"那就去培养一个爱好，加斯珀里。去学学书法啦，射箭啦之类的。"

"佐伊，你考虑一下可以吗？要是需要找人谈谈，那就谈谈？能考虑考虑我吗？如果是时间旅行，那也不需要抓紧，是吧？我有准备的时间，不论需要什么，我都能完成，是回去念书、心理培训

---

[1] 法语，意为倦怠。

还是什么……"我发觉自己开始胡言乱语，于是就闭上了嘴。

"不行，"佐伊说，"绝对不行。"她把那杯酒一饮而尽，"加斯珀里，我说这份工作充满危险，意思就是我不想让我爱的人去做。"

# 6

这次见面之后，我接连三周都没见到佐伊，她的通信器上只有"暂时外出"的留言。我每天上班、下班，在公寓里走来走去，和我的猫说话。终于，休息那天，我给她留了一封语音邮件，说我要去她办公室找她。她没有回复，但傍晚时分，我还是上了前往时间研究所的电车。她跟我说过她的日程安排，所以我知道她此时在办公室。我望着窗外的景色，苍白的街道不断后退，古老的石头建筑残缺不全，紧挨在一旁的违章住宅摇摇欲坠。夜之城的影响已经初露端倪，我嗅到了一丝混乱的气息，感觉精神一振。我突然产生了一个奇怪而疯狂的想法：她可能死了。她工作太拼命，喝酒也太拼命。母亲去世后的第一年里，我总是不由自主地想到灾难。

我站在时间研究所门口，在这座由白色石头构成的庞然大物面前，我又给她打了一遍电话，还是没人接。这会儿是傍晚六点左右，有几个人从大楼里走出来，有的是一个人，有的是两个人结伴。我忍不住开始观察这些面孔，猜想做一份有意义的工作会是什么感觉。这时，我看到了一张熟悉的面孔，是以弗仑。

"以弗仑。"我叫了他一声。

他抬起头，吓了一跳。

"加斯珀里！你怎么会在这儿？"

在母亲的葬礼上，我和以弗仑说过两句话，但那天对我来说已经一片模糊。我们上一次好好地聊天，还是在他家里聚餐的时候，而那已经是一年前的事了。不知道是不是穹顶照明的缘故（渐渐地黯淡下去，同时银光越来越亮，近似地球上的黄昏），总之，以弗仑显得比我印象中的苍老，不仅苍老，而且疲惫。

"我正想这么问你呢，"我说，"一个树艺师在时间研究所做什么？"他犹豫了片刻，就在这一瞬间，我看到了一个机会。有些事，他一直瞒着我，有些事，是我不应该知道的。"你在这儿上班，是不是？"

他点点头："是，有一段日子了。"

"那你知道佐伊的那个项目喽？模拟的事？"

"老天爷，加斯珀里，一个字也别再说了。"以弗仑虽然面露微笑，但我看得出来，他这句话不是开玩笑，"好久不见了，咱们一起喝杯茶吧？"

"好极了。"

"来看看我的办公室吧，"他说，"我叫他们准备茶。"

我们沉默不语地走过中庭，经过安检，上了电梯，又穿过一连串看起来一模一样的白色走廊，我感觉走进了由暗门和不透明的玻璃组成的迷宫。

"到了。"他说。

他的办公室和佐伊的那间别无二致，唯一的区别是窗户那儿摆了一棵盆栽。桌子上已经备好了茶，一共三只茶杯。我认识以弗仑有半辈子了，可我有没有真正了解过他的工作呢？他告诉我说他是个树艺师，我偶尔会问问树的问题，但看起来，我对朋友的了解远远不够。他的办公室设在高层，可以俯瞰一号殖民地的那些尖顶。远远地，我看见了月神大酒店。

"你在这儿上班有多久了？"我问。

"差不多十年了。"他正在倒茶，这时他停下手里的动作，思索了片刻，"不对，是七年。不过感觉像是过了十年。"

"我还以为你是个树艺师呢。"

"说实话，我很怀念那份工作。恐怕现在树艺只是我的一项业余爱好了。一起喝吧？"

我挪到他的会议桌前，这张桌子和佐伊的那张毫无区别。这一刻，一种异样感让我不知所措，就像一种现实悄然消失，被另一种现实取代，让人觉得茫然若失。"可我认识你这么多年了，"我想这么对他说，"你是一个树艺师，而不是时间研究所里穿着黑西装的人。我们可是高中同学啊。"

"研究树是不是更容易？"我问。

"是不是比我现在的工作容易？是啊，绝对。"他的通信器震了一下。他瞥了一眼屏幕，露出了一副痛苦的表情。

"你为什么没说过你在这儿工作？"

"就是觉得有点……尴尬。"他说，"我说尴尬，意思是要保密。主要是因为关于工作的问题，我都没法回答，所以我也不喜欢提起。"

"感觉一定很奇怪吧，"我说，"从事保密工作。"我说奇怪，意思就是妙极了。

"我尽量不编谎话。要是你问我在哪儿工作，我就会说我在时间研究所忙一些事情，这样你会以为是和树有关的工作。"

"好吧。"我说。沉默在我们周围蔓延。我不知道该怎么开口。我心想：雇我吧，让我加入，成为这里的一分子，不管你们在做什么。"以弗仑。"我刚开口，门就开了，进来的是佐伊。她那副表情，我只在小时候见过，看上去怒不可遏。她坐在我对面，没理会她的那杯茶，就那么一直盯着我的眼睛，最后我只好移开了目光。

"五岁之后，我和姐姐比赛对视，我就没赢过。"我对以弗仑说，"也可能是四岁。"他勉强冲我露出一个微笑。谁都不说话。我的目光又飘向了那棵盆栽。

最后，谢天谢地，以弗仑清了清嗓子。

"听着，"他说，"我们谁都没有违反任何规定。加斯珀里，佐伊和你说起那个异常现象的时候，它还没被定为机密。"

佐伊注视着自己的那杯茶。

"当然了，"以弗仑接着说，"即便如此，你也不应该站在时间研究所门外，把她告诉你的事说出来。"

"对不起。"我说，"以弗仑，我想问问，这是真的吗？"

"你指什么？"

"佐伊告诉我的那些事看起来有迹可循，但是，这么说吧，这也是我们的母亲最爱说的——模拟理论。"

"我听她说过。"他温和地说。

"我觉得，你失去了一个人之后，就很容易以为自己看到了一些迹象，但这些迹象其实并不存在。"

以弗仑点了点头："的确。我不知道是真是假，不过因为我对你们的母亲了解不多，所以我差不多可以算一个中立方。而我认为，目前有足够的证据支持我们展开调查。"

"我能帮忙吗？"我问。

"不行。"佐伊嘀咕了一句，声音小得几乎听不见。

"佐伊的确跟我说过，你想到这儿来工作。"我发现以弗仑小心翼翼地没有把目光投向佐伊。

"没错，"我说，"我是这么想的。"

"加斯珀里。"佐伊警告说。

"你为什么想到这儿工作？"以弗仑问。

"因为这里的工作有意思，"我说，"我对它的兴趣比……这么说吧，我不记得我对什么事这么感兴趣过，说老实话。但愿这么说不会显得我孤注一掷。"

"怎么会，"以弗仑说，"只是让你显得确实对此感兴趣而已。我们每个人对此都很感兴趣，不然我们就不会到这儿来了。你知道我们在这儿做的是什么工作吗？"

"不大清楚。"我说。

"我们守护时间线的完整性。"他说,"我们调查各种异常现象。"

"还有其他的异常?"

"通常情况下都是虚惊一场。"以弗仑说,"我在研究所接手的第一个案子里出现了一对'分身'。根据我们最先进的人脸识别软件,同一个女人出现在了 1925 年的照片和 2093 年的视频里。我成功采集到了 DNA,证明她们是两个人。"

"你刚才说'通常情况下'。"我说。

"也有少数情况,"以弗仑说,"我们无法做出判断。"我看得出来,他有点心神不宁。

"你们知道要找什么吗?"我问。

"要找好几样东西。"他沉默了片刻,又接着说,"关于这个异常,我们的工作就是继续调查我们是否生活在模拟世界。"

"你觉得是吗?"

"有一派人,"他谨慎地说,"包括我本人,认为时间旅行比预想的顺利。"

"这是什么意思?"

"我的意思是,闭环比我们合理推断的数量要少。我是说,有时候我们改变了时间线,之后时间线好像自行修复了,我认为那种修复的方式解释不通。按理说,我们每一次回到过去,历史的进程都遭到了不可逆转的更改,但实际情况并非如此。有时候,事件的改变似乎正好契合了时间旅行者的干涉,二三十年之后,就好像这个旅行者从来没有出现过一样。"

"不过这些都不能证明模拟理论。"佐伊急忙说。

"是啊，原因是明摆着的，"以弗仑说，"这个理论很难被证明。"

"但是如果能找到模拟中的一个故障，那就朝着确定迈出了一步。"我说。

"是的，完全正确。"

"加斯珀里，"佐伊说，"我知道这件事很有意思，但是这份工作很麻烦。"

"我和佐伊对时间研究所的看法有一些分歧。"以弗仑说，"说句公道话，我们两人在这里的经历截然不同。"

"嗯，是很公道。"佐伊干巴巴地说。

"不过我可以这么告诉你，"以弗仑说，"在这里工作很有意思。"

"我可以这么告诉你，"佐伊接着说，"以弗仑今年、去年还有前年的招募任务都没完成。"

"不论是培训还是工作本身，都需要格外谨慎，"以弗仑没有理会她，"并且还要非常专注。"

"我能做到专注，"我说，"也能做到谨慎。"

"那好，"以弗仑说，"我替你安排一次初筛面试。"

"谢谢你，"我说，"这么说可能……听着，我不想显得可怜兮兮的，我以前真的从来没有做过一份有意思的工作。"

以弗仑微笑着说："不用担心初筛面试，你准能轻松通过。今天值得庆祝。"

如果今天值得庆祝，那姐姐为什么沉默寡言，又为什么满脸沮丧？"这份工作很麻烦。"以弗仑点了三杯香槟。而我想这么告诉姐姐：看吧，我宁愿做一份危险的工作，也不愿意继续一份让我无聊得要死的工作。可我又怕要是自己这么说了，她说不定会放声痛哭。

# 7

一周之后，我提前十五分钟来到酒店，先去了一趟塔莉娅的办公室。

"加斯珀里。"她打了一声招呼。

我伸手要关门，但她摇了摇头，从办公桌后面站了起来："咱们出去走走吧。"

"我就只有几句……"

"知道吗？说来有趣。"她比画着示意我先出门，"我在大学里学过劳动史，如果说几百年来有什么历史常量，那就是除非有特别的原因，不然谁都不会想跟人事捣乱。"她打开侧门，我们于是来到了白日天光下的装货平台。"我跟你的主管说了，我找你有事。没人会介意的。"

今天的天气程序是多云，因此天空灰蒙蒙的。这样的环境让我心神不宁。

塔莉娅见我不安地瞥了一眼天空，说："是很难习惯。"我们朝着一号殖民地河道旁的小路走去。出于对居民精神健康的考虑，三个殖民地都修了小河，河床是同样的白色石头，河上架着同样的白色石拱桥。这几条河堪称工程奇迹。流水声都一模一样。"你为什么会离开夜之城？"她问我。

"糟糕的离婚。"我说，"我就是想重新开始。"同样的流水声让人觉得舒心。要是我不抬头，要是我不去注意那些奇怪的伪造阴天的浅灰光线，我就可以假装回家了。"你为什么会来这儿？"

"我就生在这儿。"她说，"我九岁才搬去夜之城。"

"哦。"

前面有一座桥。在夜之城，桥下会有若干打盹的流浪汉，一切都藏在堤岸的宁静和阴影下。而在这里，只有一位老先生坐在长椅上，注视着水面。

"你是来找我辞职的。"塔莉娅说。

"你怎么会知道？"

"因为我上司的上司的上司三天前吩咐我去接待时间研究所的两个'黑西装'。我从他们的问题中猜到他们是在做你的背景调查。"

看不见的官僚系统在你周围运作，那种不安感有没有一个特定的叫法？塔莉娅停下脚步，我也只好停了下来。我低着头，望着河水。小时候，我常常把小船放在夜之城的河面上，任其漂荡，夜之城的那条河幽暗而闪亮，水里倒映着阳光，也倒映着黑黢黢的太空。一号殖民地的这条河苍白又浑浊，水里倒映的是穹顶上伪造出来的阴云。

"我们以前就住在那儿。"塔莉娅说着伸手一指。我抬起头，望向河对岸那座建筑，那是这里最古老、最宏伟的豪华公寓大楼，外观像一座圆柱形的白塔，每个阳台上都带有花园。"我父母原来在时间研究所工作。"

我不知道说什么好。一家人从一号殖民地最时髦的地段搬去了夜之城的一所破房子，除了灾祸，我想不出还有什么别的原因。

"他们都是旅行者。"塔莉娅说，"后来有个任务出了差错，是很糟糕的那种，那之后他们就不能工作了。不到一年，我们就沦落到住在夜之城的那个破烂居民区。"

"很抱歉。"我心里很反感自己这么说，因为我其实深爱着夜之城，那个破烂居民区是我的家。我们一家人（我、佐伊、母亲）之所以住在那儿，不是因为我们没得选，而是因为母亲说过："起码这个地方还有点个性，不像那些打着假光的无聊殖民地。"不过，我回忆这些的时候，还想起连屋顶漏水的时候我们也修不起。

塔莉娅正注视着我。"酒鬼总是口无遮拦。"她说，"我肯定，要是你肯花上五分钟思考这个问题，你就该明白，让一个人回到过去就必然会改变历史。'旅行者的出现本身就是破坏。'我记得我爸这么说过。要回到过去、接触过去，还要让时间线纹丝不动，这根本不可能。"

"是啊。"我嘴里这样说，心里却纳闷她究竟想说什么，但她的这番话弄得我忐忑不安，导致我不敢和她对视。

"有时候时间研究所的人会回到过去，消除之前的损失，确保旅行者不会做出那个改变历史的举动。你知道的，就是那种不经意的举动，比如你帮一个女人扶了一下门，而这个女人后来研究出一种毁灭文明的算法什么的。有时候他们会回去消除损失，但不是每一次都会这么做。你想知道他们是怎么决定去还是不去的吗？"

"听起来好像是最高机密。"我说。

"哦，不是好像，就是最高机密。不过加斯珀里，我喜欢你，而且我上了年纪之后有点做事不计后果的脾气，所以我还是要告诉你。"她也就三十五岁吧？那一刻，我觉得她沧桑得令人毛骨悚然，"是这么个标准：只有当损失会影响到时间研究所的时候，他们才会回去消除损失。加斯珀里，我是谁？你怎么描述我这个人？"

感觉像是个陷阱。"我……"

"没关系，"她说，"说吧，我是官僚，人事部门就是官僚部门。"

"好吧。"

"时间研究所也一样。月球的一流研究型学府，拥有现存的唯一一台可以运行的时间机器，并且和政府及执法部门密不可分。其中随便一点都足以代表一个令人生畏的官僚系统，难道不是吗？你要明白，官僚系统是一个有机体，而每个有机体的首要目标都是自我保护。官僚系统存在的目的就是保护自己。"她又一次凝视着河对岸，"我们原来住在三楼，"她伸手一指，"种着藤蔓和玫瑰丛的那个阳台。"

"真美。"我说。

"是吧？听着，我理解你为什么想去时间研究所工作。"她说，

"你一定觉得这是个大好机会。况且你在酒店里也没什么职业路径可言。不过你要记住，等研究所觉得你没有利用价值了，就会把你一脚踢开。"她的语气漫不经心，我甚至觉得自己听错了。"我还有个会。"她说，"你再有一个小时左右就该接班了。"她说完就转身走了，剩下我一个人站在那儿。

我又回头看了一眼那座公寓大楼。我去过那里一次，是好几年前的事了。我那次是去参加派对，虽然当时喝得醉醺醺的，但我还记得那里的拱形天花板和宽敞的房间。我心想，要是以后在时间研究所出了差错，我可没法说没人提醒过我。

但是，我对自己的生活已经忍无可忍。我走回酒店，发现自己没有心思进去了。酒店已经是过去了，而我想要的是未来。我给以弗仑打了个电话。

"我能提前开始吗？"我说，"我知道原本的计划是提前两周跟酒店提离职，不过我能不能现在就开始接受培训？今天晚上就开始？"

"当然可以，"他说，"你一个小时之内能赶过来吗？"

8

"喝茶吗？"以弗仑问我。

"麻烦了。"

他在通信器上敲了几下，接着和我一起坐到了会议桌前。一段突如其来的回忆进入脑海：一天放学后，我到以弗仑家里做客，和他们母子一起喝印度拉茶。以弗仑家住的公寓比我家的要好。我想起来了，以弗仑的母亲可以在家里工作，她总在盯着一块屏幕。我和以弗仑都在学习，所以那时候一定是要考试了，而且那段时间我正在尝试品茶和做个好学生。我正要说起这件事——你还记得吗？——这时就听见一阵轻柔的门铃声，接着，一个年轻人端着托盘走了进来，他把东西放在桌子上，点了一下头，又出去了。"拉茶是真的。"我告诉自己。接着，我一下子明白过来：以弗仑一定也还记得多年前的那一刻，因为我每次过来，他给我准备的都是拉茶。

"给。"他说着递过来一只热气缭绕的杯子。

"佐伊为什么不想让我在这儿工作？"

他叹了口气，说："她几年前遇见了一件倒霉事。具体情况我也不清楚。"

"不，你清楚。"

"是，我清楚。听着，这都是传言，不过我听说她爱上了一个旅行者，后来那个人擅自行动，在时间里销声匿迹了。我知道的真的只有这么多。"

"不，才不是。"

"我能说的真的只有这么多，剩下的都得保密。"以弗仑说。

"在时间里销声匿迹是怎么回事？"

"假设你故意破坏时间线，时间研究所也许就决定不让你回到现在了。"

"怎么会有人故意破坏时间线呢？"

"说的是呀，"以弗仑说，"别那么做，你就没事。"他探过身子，在墙面控制台上点了一下，一条配了人物照片的时间线立刻显现在我们之间的半空中。"我在替你安排调查计划。"他说，"我们不打算安排你去异常现象的中心，因为我们也不知道那个异常究竟是什么，不知道那里会有多危险。我们打算让你去找几个人询问情况，我们觉得他们目睹过那个异常。"

他把其中一张照片放大了，那是一张黑白老照片，上面是一个身穿军装、愁容满面的年轻人。"这是埃德温·圣安德鲁，他在凯耶特的森林里看到了一些东西。你去见见他，看看他会不会说什么。"

"我还不知道他是个军人。"

"你去见他的时候，他还不是。你要回到 1912 年见他，那之后，他会在西线经历一段残酷的岁月。再来点茶吗？"

"谢谢。"我完全不知道"西线"是什么意思，但愿培训中会讲到。

他把时间线往旁边一拨，现在出现在我眼前的是那个作曲家，就是佐伊给我看的那段视频里的那个。"2020 年 1 月，"以弗仑接着说，"一个名叫保罗·詹姆斯·史密斯的艺术家在演出中播放了一段视频，视频里记录的异常看上去可能就是一个世纪之前圣安德鲁在信里描述的事，不过我们不知道这段视频具体是在哪儿拍的。关于那场音乐会，我们没有完整的录像，就只有佐伊给你看的那一段。你去和他聊聊，看看能发现点什么。"

以弗仑又拨了一下，我看到了另一张照片，是一个老先生在一个飞艇航站楼里拉小提琴，他正闭着眼睛演奏。"这个人叫艾伦·萨米。"以弗仑说，"大约在 2200 年，他在俄克拉何马城的飞艇航站楼里拉小提琴，坚持了几年。我们认为，奥利芙·卢埃林在《马里昂巴德》里提到的就是他演奏的音乐。你去问问他，了解一些音乐的情况。其实不管能查到什么，都查一查。"他继续梳理时间线，这次到了奥利芙·卢埃林，我母亲最喜欢的作家，塔莉娅·安德森那所童年故居很久之前的主人。"这就是奥利芙·卢埃林。很遗憾地告诉你，谁都不可能保存两百年的监控录像，所以在奥利芙·卢埃林写《马里昂巴德》之前，不管她在那儿经历过什么，都没有任何记录。你去她最后一次巡回售书的时候见她。"

"她最后一次巡回售书是什么时候？"我问。

"2203 年 11 月。在 SARS[①] 12 大流行初期。别担心，你不会被感染的。"

"这种病我听都没听过。"

"在咱们小时候接种的那堆疫苗里头。"以弗仑说。

"这个案子还会安排别的调查员吗？"

"还有几个人。他们会负责不同的角度，询问不同的人，或者用不同的方式询问同一个人。你可能会遇见他们，不过他们工作起来都得心应手，你绝不会知道他们的身份。加斯珀里，从你的角度来看，这个任务并不复杂。你去询问这几个人，然后把你的调查结果交给更高级别的调查员，由他们接手并做出最终的决定。要是一切顺利，之后还会派其他的调查任务给你。你在这里能收获一份有意思的职业。"他注视着那条时间线，"我认为，你的第一个询问对象，"他说，"应该是那个小提琴家。"

"好吧，"我说，"我什么时候去见他？"

"大约五年之后。"以弗仑说，"你首先得接受一些培训。"

---

① SARS，重症急性呼吸综合征。

## 9

　　培训并不是让我沉浸在一个截然不同的世界里，而是让我接连沉浸在几个截然不同的世界里，一个个令人应接不暇的时刻，一个个逐渐消失而令人只能后知后觉失去的世界。在那些年里，我在研究所的小房间里接受私人授课，在大厅里和一张张面孔擦肩而过，他们也许是我的同学，也许不是——这里没人戴姓名牌。我在时间研究所的图书馆里静静地学习，在我的公寓里静静地学到深夜，猫就趴在我腿上睡觉。离开酒店五年后，我第一次到旅行室报到。

　　这是个中等大小的房间，完全是由某种复合石材建成的。房间一头有一张长椅，嵌在深凹进去的墙体里。长椅前面摆着一张桌子，看起来极其普通。佐伊已经在等着了，她手里那个设备让人看了有点紧张，看起来像是一把枪。

　　"我要在你胳膊里安一个追踪器。"她说。

"早安，佐伊。我很好，多谢关心。我也很高兴见到你。"

"这是个微型计算机，它会连上你的通信器，而通信器又会连上那台机器。"

"好吧。"我放弃了寒暄，"那这个追踪器会给我的通信器发送信息？"

"还记得我之前送给你一只猫吗？"她答非所问。

"当然了，玛文。咱们说话这会儿，它就在家里打盹呢。"

"我们当时派了一个特工回到另一个世纪，"佐伊说，"这个特工爱上了一个人，所以不想回家了。她于是取出了追踪器，喂给了一只猫，后来我们想强行把她带回现在的时候，出现在旅行室的就是那只猫，而不是她。"

"等一下，"我说，"我的猫来自另一个世纪？"

"你的猫来自 1985 年。"她说。

"什么？"我一时竟不知说什么好了。

她拉起我的手——我们上一次有肢体接触是什么时候的事了？我注视着她一脸凝重的面孔，而她在我左胳膊里打进了一枚小小的银子弹。比我想象的要疼多了。她打开桌子上方的投影，随即专注地看着那块浮动式显示屏。

"你应该告诉我的，"我说，"你应该告诉我，我的猫是个时间旅行者。"

"平心而论，加斯珀里，说不说能有什么区别呢？猫就是猫。"

"你一向都不喜欢动物，对吧？"

她的嘴巴抿成了一条细线。她不肯转过头来看我。

"你应该为我高兴啊。"我说,她正在埋头调整投影里的什么东西,"这是我有生以来唯一一件真正想做的事,并且我做成了。"

"哎,加斯珀里。"她心不在焉地说,"可怜的小羊羔。通信器?"

"给。"

她接过我的通信器,在投影前面放了一会儿,又将它还给了我。

"好了,"她说,"你的第一个目的地已经设定好了。过去坐到机器里吧。"

# 10

**笔录：**

加斯珀里·罗伯茨：好了，开始了。谢谢你抽出时间回答我的问题。

艾伦·萨米：不客气。谢谢你请我吃午饭。

罗伯茨：好，为了录音的完整性，我先要说一下：你是一个小提琴家。

萨米：是的。我在飞艇航站楼里表演。

罗伯茨：是为了赚点零钱吗？

萨米：是为了消遣。我要说清楚，我不需要那些钱。

罗伯茨：不过你也收钱，你脚边放了一顶帽子……

萨米：这个嘛，确实有人会扔零钱给我。所以有一次我决定把帽子倒放在前面，这样零钱至少不会被扔得到处都是了。

罗伯茨：冒昧地问一句，既然你不需要钱，那你为什么要来表演？

萨米：这个嘛，因为我喜欢啊，孩子。我喜欢拉小提琴，我也喜欢观察人。

罗伯茨：我想给你放一小段东西，希望你不介意。

萨米：是音乐吗？

罗伯茨：是音乐，不过背景比较嘈杂。我先放一下，然后再请你就这段音乐讲一讲。没问题吧？

萨米：当然。继续吧。

……

罗伯茨：拉琴的人是你，对吧？

萨米：对，这是我在飞艇航站楼的表演。不过录音质量很差。

罗伯茨：你怎么肯定这就是你？

萨米：我怎么……真的假的？好吧，孩子，因为我知道这段音乐，而且我听到了飞艇的动静。就是最后那阵嗖嗖的声音。

罗伯茨：我们先集中说一说音乐吧。你能讲讲你表演的那支曲子吗？

萨米：那是我的摇篮曲。那是我谱的曲子，不过我一直没给它起名字。它是我写给我妻子的，我已故的妻子。

罗伯茨：你已故的……很抱歉。

萨米：没事。

罗伯茨：你有没有……有没有把演奏录下来过，或者把谱子写下来过？

萨米：都没有。怎么了？

罗伯茨：嗯，我刚才说过，我在给一个音乐史学家当助理，我的工作是对比地球不同地区飞艇航站楼的音乐，发掘彼此的异同。

萨米：你刚才说你工作的机构叫什么来着？

罗伯茨：不列颠哥伦比亚大学。

萨米：所以你的口音就是那儿的？

罗伯茨：我的口音？

萨米：刚刚变了。我的耳朵分辨口音很灵敏的。

罗伯茨：哦，我是从二号殖民地来的。

萨米：有意思。我妻子来自一号殖民地，不过我觉得她说话和你一点也不像。你做这个有多久了？

罗伯茨：协助调查吗？有几年了。

萨米：你还得专门学这门课吗？你是怎么入这一行的？

罗伯茨：你这么问合情合理。说实话，我当时百无聊赖。我本来在酒店里当保安，工作也不错。我就只要往酒店大堂里一站，盯着人看就行了。不过后来，这么说吧，我遇到了一个机会。我发现了一件真正让我感兴趣的事，我从小到大从来没对什么事那么感兴趣过。我接受了五年的培训，学习语言学、心理学和历史。

**萨米：** 我明白你学历史的原因，可为什么还要学心理学和语言学？

**罗伯茨：** 是这样的，学语言学是因为人们在不同的历史时期说话的方式也不同，如果你要研究的古代音乐含有口语元素，学这个会有帮助。

**萨米：** 有道理。那心理学呢？

**罗伯茨：** 个人兴趣。这个和研究无关，毫不相关。我也不知道刚才吗提这个。

**萨米：** 私以为那个女人辩白得太过了。

**罗伯茨：** 等一下，你刚才说我是女人吗？

**萨米：** 我说的是莎士比亚①，孩子。你没念过书吗？

---

①刚才萨米说的话出自《哈姆雷特》第三幕第二场。

## 11

"漂亮。"佐伊评估录音时说，"确实老练。"

以弗仑也一起坐在她的办公室里，他正努力憋笑。

"我知道，"我说，"对不起。"

"算了，听着，"姐姐说，"怪我们在培训的时候没教莎士比亚。"

"佐伊，以弗仑，"我说，"要是我搞砸了，从理论上讲，会发生什么？"

"别搞砸了。"以弗仑说着，看了一眼自己的通信器，"抱歉，我得去跟我上司开会了，一个小时后在我办公室见。"他走了，房间里只剩下我和姐姐两个人。

"你对那个小提琴家印象如何？"佐伊问我。

"他有八十多岁了，"我说，"甚至可能有九十多岁。他说话慢吞吞的，他的口音把每个音都拖得很长。他动过眼睛，就是那个改变颜色的手术？他瞳孔的颜色是一种奇怪的紫色，是叫紫罗兰色吧。"

"八成他年轻的时候流行吧。"

她继续查看笔录，重读某一段内容。我站起身，走到窗前。入夜了，穹顶一片清澈。地球从地平线上升起来了，是蓝绿相间的一个点。

"佐伊，"我说，"我能问你一件事吗？"

"当然了。"

我转头望着她，她也从笔录上抬起头来。

"你还记得夜之城的塔莉娅·安德森吗？"我问她。

"不记得。我没印象。"

"上小学的时候，她跟我做过一阵子同学。当时她们一家住在奥利芙·卢埃林的那所房子里，我到酒店入职做保安的时候又遇见了她。"

"等一下，"佐伊说，"你说的是月神大酒店的娜塔莉·安德森吗？"

"对。"

佐伊点了点头："当时给你做背景调查的时候，我们的询问对象名单里就有她。"

"五年前的名单上的一个名字，你怎么还能记得？"

"不知道，"她说，"我就是记得啊。"

"我要是也有你这样的脑子就好了。总而言之，她当时算是警告过我别到这儿来工作，这是实话。"

"还有我。"佐伊说。

"好像她父母以前也在这儿工作。"我对佐伊的那句话充耳不闻，"那是很久之前的事了。她说她爸总是口无遮拦。"

佐伊目不转睛地看着我："她都说了什么？"

"她说：'旅行者的出现本身就是破坏——'"

"这是原话？"

"应该吧。怎么了？"

"这是一份保密培训手册里的一句话，不过这份手册十年前就不用了。不知道她有没有告诉过别人。她还说了什么？"

"她还说，等研究所觉得我没有利用价值了，就会把我一脚踢开。"

佐伊将目光移开了。"在这里工作并不总是轻轻松松。"她说，"员工流动率很高。你还记得吧，我当初劝过你别来。"

"你担心我会被一脚踢开？"

她沉默了很久，我还以为她是不打算回答了。她再次开口的时候，不仅避开了我的目光，声音也有些沙哑。"我曾经和一个人走得很近，那是很久以前的事了，是另一个旅行者，她在调查别的事。她搞砸了。"

"她做了什么？"

她不自觉地摸了摸一直戴着的那条项链。那是一条样式简单的金项链，我以前从来没有特别留意过它。不过从她的动作我明白过来，这条项链是那个销声匿迹的旅行者给她的。

"你要明白一点，"她说，"有意改变时间线的不一定就是一个可恶的人。有时候只不过是一时的软弱。真的，不过是一念之间。我刚才说'软弱'，但也许我想说的是'仁慈'。"

"那要是你有意改变时间线……"

"要想让一个人在时间里销声匿迹，并不是什么难事，比如说栽赃陷害。要是情况没那么严重，那就随便把他们扔到哪儿，让他们回不了家。"

"陷害一个旅行者，难道不会影响时间线吗？"

"研究部门总结了一份犯罪清单，"佐伊说，"都经过仔细挑选、认真审核，避免产生重大影响。"

（"官僚系统存在的目的就是保护自己。"塔莉娅凝视着河对岸说。）

佐伊清了清嗓子。"明天是个大日子。"她说，"先告诉我，你第一站去哪儿？"

"1912 年，"我说，"去见埃德温·圣安德鲁。我会假扮成神父，看看在教堂里他会不会跟我聊聊。"

"好。之后呢？"

"之后去 2020 年 1 月，"我说，"去见那个视频艺术家，保罗·詹姆斯·史密斯，看看那段诡异的录像能提供什么线索。"

她点了点头："接着第二天去见奥利芙·卢埃林？"

"没错。"我已经读了她所有的书。没有哪一本是我特别喜欢的，但我分不清究竟是书的问题还是我自己的问题。因为这次见面的时间，我一想到她，心里就一阵畏惧。

"你知道吧，那是她生命的最后一周。"佐伊说，"你会在费城询问她，三天之后，她会死在纽约的一家酒店里。"

"我知道。"我觉得有点恶心。

佐伊的表情变得柔和起来："小时候妈妈总喜欢对我们引用《马里昂巴德》里的句子，还记得吗？"

我点了点头。那一瞬间，我仿佛回到了医院，回到了母亲临终的日子，那一周永远停留在时空之外，而我们一直守在她身边，寸步不离。

"不过你会把握好自己的，对吧？"从姐姐看着我的眼神中，我知道，她看到了从前的加斯珀里，那个不思进取的我，动不动就出错，虚度光阴，也没有花五年时间受训、学习、做研究。

"当然了，我可是专业的。"

我了解生的事实，也了解死的真相：奥利芙·卢埃林在一次巡回售书中死于一场大流行病。她死在了大西洋共和国的一个酒店房间里。不过，我当然也想过违背规定，不论是当时，还是两天后到旅行室报到的时候，抑或坐标被输入我的通信器时，以及我迈进机器里准备去见她的那一刻。

五　　地球上的最后一次
　　　巡回售书

"是这样的，"那个记者说，"我不是要为难你，也不是要逼问你，我只是好奇，你是不是在俄克拉何马城的飞艇航站楼遇到过什么怪事？"

　　房间里静悄悄的，奥利芙能听见大楼"轻柔的哼唱"，是通风系统和管道的动静。如果不是在行程快结束的时候遇见他，如果奥利芙不是这么疲惫，她大概是不会承认的。那个记者，加斯珀里-雅克·罗伯茨，正聚精会神地望着她。她感觉到对方已经知道她要说什么了。

　　"我不介意说出来，"她说，"不过我担心，要是将它写进采访的终稿，大家会觉得我是一个怪人。这一段可以不公开吗？"

　　"可以。"他说。

　　"我当时在航站楼里，正要去搭飞艇。我记得我从一个拉小提琴的人身边走过，接着，突然之间，眼前一片漆黑，我忽然到了森林里。只是一秒钟的工夫。就和……"

"就和你在书里描写的一模一样。"加斯珀里接了上去。

"是。"

"你还有什么别的想告诉我吗？"

"再就没什么了。一切发生得太快了。我觉得……听起来会不可思议，不过我觉得我同时身在两个地方。我说我到了森林里，可我又依旧站在航站楼里。"

"我明白。"他说。

"我不懂……"奥利芙不知道该怎么提问。"这是不是意味着什么？"她最后问。

加斯珀里望着他，内心似乎在挣扎。"听起来大概很傻，"他明显在故作轻松，"不过《突发》杂志的编辑喜欢让我用一个有趣的问题来收尾。"

奥利芙握紧了两只手，点了点头。

"好，是这样的。"他说，"我猜，这个问题算是关于命运的吧。"奥利芙发现他出了不少汗。"假定技术在不断进步，除非发生了某种不可预见的灾难，那么我们八成到下个世纪就能进行时间旅行。如果有一个时间旅行者出现在你面前，并且让你放下一切，马上回家去，你会照做吗？"他问。

"我怎么知道那个人是不是真的时间旅行者？"

门被推开了，是奥利芙的公关回来了。

"嗯，比如说，那个人身上有一些无法解释的东西。"

“举个例子。”

加斯珀里身子前倾，压低声音，飞快地说：“嗯，举个例子，假如这个人是一个成年人。假如这个人，这个三十多岁的成年人，名字来自你五年前出版的一本书里的人物。”

“聊得怎么样？”阿莱塔问。

“好极了，”加斯珀里说，“你来得正是时候。”

“你可以改名字。”奥利芙说。

“的确可以。”加斯珀里迎着她的目光，“不过我没有。”他站起身，语气也变得轻快起来，“奥利芙，谢谢你抽出时间接受采访。尤其是最后一个问题。我知道，有趣的问题最讨厌了。”

“奥利芙，你好像很累。”阿莱塔说，“你还好吗？”

“我就是累了。”奥利芙机械地重复着那句解释。

“不过你马上就要回家了，是吧？”加斯珀里从容地把话接了过去，“直接去飞艇航站楼，对吗？好了，总而言之，再见了，谢谢你！”

“不是的，她还要在——哦，”阿莱塔说，“好吧，再见！”加斯珀里走了。“这人有点怪，是不是？”

“有点。”奥利芙说。

“刚才说要回家是怎么回事？你还要在地球上待三天呢。”

“出了点状况。”

阿莱塔皱了皱眉。“可是——”

但奥利芙比什么时候都笃定。在她的一生中，她第一次得到了如此明确的提醒。“抱歉，”她说，“我知道这么一来会给大家添麻烦，但是我必须去飞艇航站楼。我要搭下一趟航班回家。"

"什么？"

"阿莱塔，"奥利芙说，"你也该回家，和家人待在一起。"

醒来的时候身在一个世界，傍晚却发现自己身在另一个世界，这种情形让人心惊肉跳，但其实也没有多么不寻常。醒来的时候还是婚姻幸福，一天还没过完，伴侣就不在人世了；醒来的时候还是天下太平，中午国家就卷入了战争；醒来的时候还一无所知，到了晚上，大流行病显然已经袭来；醒来的时候，你的巡回售书活动还有几天就要结束了，晚上，你就急匆匆地往家里赶，连行李箱都扔在酒店里不要了。

奥利芙在车上给丈夫打了个电话。这辆车是自动驾驶的，她对此很庆幸。车上没有司机听她打电话，并暗暗怀疑她是不是疯了。此刻，她也忍不住怀疑自己是不是疯了。"迪昂，"她说，"我要让你去做一件事，不过听上去会有点极端。"

"说吧。"

"我们得把西尔维从学校接出来。"

"怎么，明天不送她上学了？可我还得上班啊。"

"你能现在就去接她吗？"

"奥利芙，这是怎么了？"

窗外，费城的郊区一晃而过，只能看见一团模糊的公寓楼。虽然你有一段美好的婚姻关系，但有些事你还是没办法说给你的伴侣听。"是新型病毒的事，"奥利芙说，"我在酒店里遇见一个人，对方有内部消息。"

"什么样的内部消息？"

"情况很糟糕，迪昂，疫情已经失控了。"

"殖民地也是吗？"

"现在地球和月球之间每天有多少趟航班？"

迪昂深吸了一口气："好，好，我去接她。"

"谢谢。我现在正往家里赶。"

"什么？我明白情况很严重，你连巡回售书活动都提前结束了。"

"是很严重，迪昂，好像真的非常严重。"奥利芙发觉自己哭了起来。

"别哭，"迪昂温柔地安慰她，"别哭。我现在就去学校，去接她回家。"

奥利芙在候机大厅里找了一个没人的角落，拿出了通信器。还没有大流行病的最新消息，但她订购了三个月的药品，还囤了瓶装水，接着又给西尔维买了一大堆新玩具。登机的时候，她已经花掉了一笔巨款，并且觉得自己有点精神错乱了。

离开地球的感觉：

飞快地腾空而起，将那个蓝绿相间的世界甩在脚下，接着那个世界一下子被云层遮住了。大气层逐渐稀薄，变成了蓝色，蓝色继而化成靛蓝，接着，就好像穿透了气泡的薄膜，眼前只剩下黑沉沉的太空。六个小时后，她抵达月球。奥利芙在机场买了一包医用外科口罩——是卖给途中感冒的旅客的。她戴了三层口罩，因此呼吸起来很吃力。她坐在靠窗的座位上，旅途中几乎是挨着扶手蜷起身体，尽量离别人远远的。月球从黑暗中升起，远远看上去一片皎洁，近看则灰扑扑的。一号、二号和三号殖民地的三个不透明的玻璃罩在阳光下闪闪烁烁。

奥利芙的通信器轻柔地嘀了一声，屏幕也亮了起来。她看着日程提醒，皱了皱眉，因为她不记得她约了医生，但她接着就明白过来：是迪昂替她约的。迪昂看她花了那么多钱囤罐头食品，怀疑她脑子是不是不正常了。

然后是着陆，相比地月之间旅程那风驰电掣的速度，着陆显得是那么轻柔徐缓。奥利芙戴上墨镜，不想让别人看见她在哭。其实迪昂预约医生也不是没有道理。如果迪昂出差的时候打电话说瘟疫要来了，告诉她得把孩子从学校接回来，如果是她看到共享信用卡账户上多了那么多大额消费，她也会担心迪昂的精神出了问题。为了和其他人保持距离，她尽可能等到最后才下飞机。在太空港和二号殖民地的列车站台上，她也尽量远离别的旅客。在车厢里，她注视着窗外闪过的隧道灯光，透过复合玻璃，一直望向月球明亮的地表。到站下车的时候，她伸手去拿行李箱，然后才想起来，她这辈子都见不到那个行李箱了。

一阵后悔涌上心头，奥利芙想起了她在得克萨斯共和国的时候从袜子上摘下来的流星锤刺果——她本来是想把它拿给西尔维看的。除此之外，行李箱里其实也没有什么真正有价值的东西，她这么安慰自己。但她还是有些失落：那个行李箱跟了她好几年，差不多是个朋友了。电车到了。奥利芙选了车门旁边的座位，那里的通风效果更好。此刻，那些大流行病的资料全都在她脑海里涌现。电车平稳地驶过一条条街道，奥利芙觉得，这座白石之城比什么时候都赏心悦目。街面上的拱桥散发着不同寻常的设计之美；沿街的树木和点缀在公寓阳台上的绿植是那么青翠欲滴，那么浓艳饱满，几乎绿得不自然；还有数不清的小店铺，客人进进出出，没人戴口罩、手套，大家仍然对迫在眉睫的灾难毫无察觉、一无所知。这样的场景让她不能自已，她真的忍受不了了，但她别无选择。奥利芙一直默默地流泪，所以没有人靠近她。

她提前下了车，在阳光下走了十个街区。二号殖民地的穹顶展示的正是她最喜欢的天气，碧蓝的天空中飘着一朵朵白云。只是少了行李箱的轮子轧过鹅卵石路的动静。

转过街角，就到了奥利芙住的那栋楼。那是一排方形的白色建筑，二楼和三楼都有楼梯连到人行道。她沿着楼梯上了二楼，心里有种不真实感。她怎么这么早就回家了？连行李箱都没拿？为什么？就因为一个记者说了几句时间旅行的怪话？她抬手要敲门却僵住了——她的钥匙放在行李箱里，留在了地球上。要是她的衣服沾了病毒该怎么办？她脱掉外套、鞋，接着，她只犹豫了片刻，就脱掉了裤子和衬衫。她朝街面看了一眼，一个行人马上移开了目光。

她给迪昂打了个电话。

"奥利芙，你在哪儿？"

"你帮我开一下门，然后带西尔维回卧室，待在里面别出来，等着我进去，好吗？"

"奥利芙……"

"我怕传染给你们。"奥利芙说,"我现在就在门外,不过我想先洗个澡,再跟你们拥抱。我衣服上可能有病毒。"她的一身衣服都堆在她脚边。

"奥利芙。"迪昂说,奥利芙从声音中听出他很苦恼。他觉得奥利芙的情况很糟糕,已经不可救药了,不过不是因为即将到来的大流行病。

"求你了。"

"好吧,"他说,"我答应你。"

门锁咔嗒一声开了。奥利芙慢慢地数到十,接着走了进去。她把通信器和内衣都扔在地板上,径直进了淋浴间。她用肥皂洗了个澡,接着找了消毒酒精,按着进来的路线折返,把刚才摸过的地方全都消了毒。接着,她把空气净化器开到最高档,打开所有的窗户,用毛巾垫着捡起地上的内衣,把毛巾和内衣全都扔进垃圾箱。然后她给通信器消了毒,给刚才放通信器的那块地板消了毒,又给自己的双手消了毒。"以后就得这么过日子了,"她闷闷地想,"记住我们都摸了哪些地方。"奥利芙深吸一口气,调整了自己的表情,让自己看起来是平静的。她打开卧室门,赤身裸体、头脑混乱,她的女儿冲了过来,扑进了她怀里。奥利芙跪在地上,滚烫的泪水顺着脸颊流下来,滴在了西尔维的肩膀上。

"妈妈,"西尔维说,"你怎么哭了呀?"

因为我本应该死在这场大流行病中,但一个时间旅行者提醒了我。因为很快就会有很多人死去,而我什么都做不了。因为一切都说不通，我可能精神失常了。

"因为妈妈太想你了。"奥利芙说。

"因为你太想我了，所以提前回家了？"西尔维问。

"是啊，"奥利芙说，"因为我太想你了，所以提前回家了。"

一阵奇怪的警报声响了起来：迪昂的通信器收到了公共预警。奥利芙从西尔维的肩膀上方看见迪昂正盯着屏幕。他从屏幕上抬起头，和奥利芙四目相对。

"你是对的，"他说，"对不起，我不该怀疑你。病毒已经传到这儿了。"


在封控的前一百天里，奥利芙每天早上都把自己关在办公室里，坐在书桌前。只是比起写东西，望着窗外发呆要来得更容易。有时候她只是在记录声音。


警笛

寂静；鸟鸣

警笛

另一处警笛

第三处警笛？至少来自两个方向，彼此交叠

一片寂静

鸟鸣

警笛

日子过得稀里糊涂：奥利芙凌晨四点起床，趁西尔维还在睡时工作两个小时。接着换迪昂工作，他从早上六点忙到中午。这期间奥利芙会勉强给女儿上课，并尽量保证她的精神健康。接着换奥利芙工作两个小时，让迪昂陪西尔维玩。接着西尔维有一个小时的全息时间，她的父母得以各自工作。接着迪昂继续工作，奥利芙陪西尔维玩。接着，不知不觉就该准备晚饭了，晚饭之后稀里糊涂地就该睡觉了。接着到了晚上八点，西尔维睡了，没过多久奥利芙也休息了。接着奥利芙的闹钟响了，又到了凌晨四点……

在封控的第七十三天晚上，迪昂说："我们不妨把这段日子当成一个机会。"这时奥利芙和迪昂正坐在厨房里吃冰激凌，西尔维已经睡了。

"当成什么机会？"奥利芙问。已经是第七十三天了，但她还是有点恍惚。那种将信将疑的感觉——大流行病？真的假的？——始终没有彻底被打消。

"思考怎么重返社会，"迪昂说，"等放开之后。"他说有一些朋友，他并不挂念。他正不声不响地找工作。

第八十五天，吃晚饭的时候，西尔维说："我们假装这个苏打水瓶是我们的朋友。让它跟我说话吧。"

"你好，西尔维！"奥利芙说。她拿起玻璃瓶，往西尔维那边挪了挪。

"嘿，瓶子！"西尔维说。

在封控期间，出现了一种新的旅行。不过"旅行"这个词好像不太恰当，应该说是出现了一种新的"反旅行"。晚上，西尔维在通信器上键入一串代码，戴上配有眼镜的耳麦，进入全息空间。全息会议曾经被誉为未来的必然方向——何必浪费时间和金钱到处跑，你完全可以把自己传送到一个异样的、银闪闪的数字会议室，和同事们闪烁不定的模拟形象交流啊！但那种不真实感总让人提不起热情。迪昂的工作需要经常开会，他每天有六个小时都在全息空间里度过，到了晚上，他总是累得头昏眼花。

"我也不知道怎么会这么累，"他说，"我是说，比正常开会累多了。"

"我觉得是因为它不真实。"已经很晚了，两个人站在客厅窗户前，望着脚下空荡荡的街道。

"也许你说对了。看来真实感比我们想象的重要啊。"迪昂说。

关于那次巡回售书活动，关于每一次巡回售书活动，她没有一刻不心存感激。可是，总是有那么多的面孔。她生性腼腆。巡回的时候，总有那么多张面孔出现在她面前，一张又一张的面孔，虽然大部分的面孔都带着善意，可没有一张面孔是她想见到的。因为出门在外几天之后，奥利芙想见到的人只有西尔维和迪昂。

但是，当世界缩小成四壁之内和三个人的时候，她开始怀念那些人了。那个打算写会说话的老鼠的司机现在在哪儿？她甚至连那个人叫什么都不知道。阿莱塔在哪儿？阿莱塔的那条"暂时外出"的自动回复信息几周都没变了，奥利芙忍不住担心。还有自己上一次遇到的那些作家——易比·穆罕默德和杰西卡·马利，他们都在哪儿？塔林的那个唱着爵士老歌的司机，还有布宜诺斯艾利斯的那个有文身的女人，他们又在哪儿？

　　在封控期间，二号殖民地变成了一个陌生而冷清的地方。在一片寂静之中，唯一的动静就是救护车的警笛和电车驶过时轻柔的呼啸声，车上坐的都是戴着口罩的医护人员。除非是看病或者去做必需的工作，否则谁都不能出门。但到了第一百天的晚上，趁西尔维睡着了，奥利芙从厨房门溜了出去，来到了外面的世界。她轻快敏捷地下了楼，来到花园，走到一棵伞形的小树下，在草地上坐了下来。她离人行道很近，不过整个人都被树叶遮住了。公寓外的世界让她觉得有些迷惘。她敢肯定空气没有变化，但去过地球之后，她总觉得这里的空气不对劲，毫无生气，过滤得太厉害了。她在屋外待了一个小时，然后又悄悄地溜回了公寓。她有种恍然大悟的感觉。从那之后，她每天晚上都要去那棵伞形小树下坐一会儿。
　　一天晚上，那个记者出现了。那个最后的记者，她总是这么叫他，《突发》杂志的加斯珀里－雅克·罗伯茨。在他出现的那天晚上，她就盘着腿坐在伞形小树下，努力不让自己去想当天的数字——二号殖民地七百五十二人死亡，新增感染三千四百五十八例。她努力放空大脑，这时，她听见了一阵轻轻的脚步声朝她所在的方向走来。她觉得不会是巡警——巡警总是两人一组。不过，封控期间随意外出的罚款金额很高，所以她坐在那儿一动也不敢动，呼吸也尽量不发出声音。

脚步声停了下来，那个人离她特别近，她能看见人行道上那道斜斜的影子。那人难道能感觉到她在这儿？好像不大可能。另一个人，另一阵脚步声，也朝她这边走过来，不过是从相反的方向来的。

"佐伊？你到这儿来干什么？"奥利芙一下子就认出了这个声音，她喘不过气来了。

"我还想问你呢。"是一个女人的声音。她的口音和另一个人一样。

"五分钟前我在旅行室里跟你说过了，"加斯珀里说，"我要去见一个采访过奥利芙·卢埃林的学者，再多一重确认。"

"我觉得奇怪，你刚询问过她，她就急着出发，而且是事先没有安排的行程。"女人说。

加斯珀里半晌没说话，最后说："我以为你不再进行时间旅行了呢。"

"是啊，怎么说呢，我觉得这次的情况需要我破例一次。加斯珀里，你是怎么想的？"

"我本来确实只是想和她聊聊，"加斯珀里说，"我本来是打算按计划行事，但是佐伊，我办不到。我不能任由她那么死了。"

一时间两个人都不说话了，奥利芙想象那两个莫名其妙的人都在望着她家的客厅窗户。她也抬头望去，但从她所在的角度，她只能看到客厅的几处天花板，她的视野基本都被树叶挡住了。

"就像你当时提醒我的，"加斯珀里轻轻地说，"你说这份工作需要的是冷血，的确是。过去是，现在也是。"

"你不该回到现在。"佐伊说。

"什么意思？"奥利芙想。

"我当然要回到现在，"加斯珀里说，"我觉得我应该承担后果。"

"但是后果很可怕，"佐伊说，"我以前见过。"

那两个人再次沉默。加斯珀里没有回应。

"这个时代的夜之城真美。"他最后开口了。

"我知道。"那个女人哭了，奥利芙从女人的声音里能听出来，"现在这里还不是夜之城。"

"你说得对，"加斯珀里说，"穹顶照明还是正常的。我们脚下的这些是鹅卵石吗？"

"是，"女人说，"我觉得是。"

加斯珀里突然说："巡警来了。"两个人于是一起迅速地走了。

奥利芙在那儿坐了很久，在那片阴影里，在那片异样中。按照她的理解，她本来应该死在这场大流行病中，不过加斯珀里救了她。他不是把身份都告诉她了吗？"如果有一个时间旅行者出现在你面前……"

这天夜里，奥利芙在网上搜索加斯珀里－雅克·罗伯茨，结果查到的都是她的《马里昂巴德》，要么是小说，要么是改编电影。她又搜了《突发》杂志，倒是找到了一个网站，上面有几十篇文章，不过她越查就越觉得这份杂志只是个幌子。网站已经很久没更新了，杂志的社交媒体账号也是停更状态。

耳边传来细碎的声音，她心里一惊，结果看见西尔维穿着独角兽图案的睡衣站在门口。

"哦，宝贝，"奥利芙说，"现在还是夜里呢。妈妈带你回去睡觉吧。"

"我'丢眠'了。"西尔维说。

奥利芙抱起女儿，抱起这份沉甸甸的暖意，回到女儿的卧室。房间里所有的东西都是蓝色的。奥利芙帮女儿掖好靛蓝色的羽绒被，又坐在她旁边。"我本来应该死在这场大流行病中。"她心里想。

"我们玩'魔法森林'好不好？"西尔维问她。

"好啊，"奥利芙说，"我们就玩几分钟，然后你就该困了。"西尔维高兴得身子直晃。"魔法森林"是西尔维的新发明：以前西尔维对想象的朋友一直不感兴趣，但封控之后，她想象出了一个王国，而她是女王。

"我要是困了我们就不玩了。"西尔维乖巧地说，"我睡着之前我们就不玩了。"

"传送门打开了。"奥利芙说。这个游戏每次都是这么开始的。西尔维的卧室比奥利芙的办公室要安静，因为这是背街的房间，但奥利芙还是隐约听见了救护车的警笛。

"进来的是谁呀？"西尔维问。

"魔法小狐狸从传送门跳了出来。魔法小狐狸说：'西尔维女王，快来！魔法森林里出事啦！'"

西尔维咯咯地笑了，她高兴极了。魔法小狐狸是她最好的朋友。"是不是只有我能帮忙，魔法小狐狸？"

"魔法小狐狸说：'是啊，西尔维女王，只有你能帮忙。'"

又是一场讲座，这次是虚拟的。还是同样的讲座，只不过地点现在改成了全息空间。（非空间，不存在之地。）奥利芙是一个全息影像，她面前是一屋子的全息影像，一个个闪闪烁烁的微弱光亮，全都聚在一个极简的房间里。她注视着几百个微微发亮的虚拟形象，他们的真身遍布地球和月球殖民地的一个个房间，她恍惚觉得自己正直接对着一众灵魂说话。

"有一个值得玩味的问题，"奥利芙说，"我想用最后这几分钟来讨论一下：为什么这十几年来，大家对末世文学的兴趣如此浓厚。《马里昂巴德》让我极其幸运地走了很多地方……"

> 盐湖城的蓝天，鸟儿在头顶盘旋
> 开普敦一家酒店的屋顶，树枝间彩灯闪烁
> 英国北部的火车站旁，微风在茂密的草丛间荡起涟漪
> 布宜诺斯艾利斯的一个女人说："我想给你看看我的文身，可以吗？"

"我也因此有机会和很多人讨论末世文学。关于这个题材为什么引发了如此多的兴趣，我听到了很多种理论。有一个人分析说是因为经济不平等，在一个从根本上缺乏公平的世界里，也许我们渴望毁掉一切，再重新开始……"

> "我就是这么理解的。"温哥华的一家老书店的老板如是说，
> 而奥利芙在欣赏他那副粉红色眼镜

"我虽然不完全同意，不过这个看法的确耐人寻味。"那些全

息影像微微动了动，凝视着她。她欣慰地想，即使是在全息空间，即使这个房间并不是真正的房间，她依然能把控全场。"有人分析说，这是对英雄主义的秘密渴望使然，我觉得这个看法也很有意思。也许我们内心深处相信，如果世界毁灭并重生，如果发生了一场不可想象的灾难，那么我们也能获得重生，变成更善良、更勇敢、更可敬的人。"

　　"难道没有这个可能吗？"布拉柴维尔的一个图书管理员说，
　　　　　　她的眼睛亮晶晶的，外面的街道上
　　　　　　　　有人在吹小号，
　　　　　　"我是说，谁都不希望发生这样的事，这不用说，
　　　　　　　　不过想想看，这是展现英雄主义的机会……"

　　"有人分析说，这源于地球上的种种天灾人祸。我们决定给无数的城市罩上穹顶，海平面上升或者气温升高迫使我们不得不放弃整个国家，但是……"

　　　　　　一段回忆：在飞往另一个城市的飞艇上醒来，
　　　　　　　　俯瞰迪拜的穹顶，
　　　　　　　　一时间神思恍惚，以为自己已经离开地球

　　"我并不认同这个说法。我们的焦虑并非空穴来风，认为我们把这种焦虑代入小说也不是没有道理，不过这种解释有一个问题，那

就是我们的焦虑并不是突然出现的。世界末日的传言何曾停止呢？

　　"有一次，我和我母亲进行了一次引人深思的对话，她说她们几个朋友对孩子们感到内疚，觉得不该把孩子带到这个宇宙来。那是 22 世纪 60 年代中期的二号殖民地。很难想象有哪段时间、哪个地点比那时候、那地方更宁静了，但她们时时担心小行星风暴，担心月球不再适合居住，担心地球上的生活无以为继……"

> 奥利芙的母亲在奥利芙小时候的家里喝咖啡：
> 印着黄色花朵的桌布
> 两只手握着蓝色咖啡杯
> 她面露微笑

　　"我想说的是，总有让我们担心的事。在我看来，人类总是渴望相信我们就生活在故事的高潮部分。这是一种自恋吧。我们希望，我们是独一无二的重要角色，我们生活在历史的终点，而'现在'，在几千年的无数次虚惊一场之后，'现在'才是有史以来最大的灾难，我们终于迎来了世界末日。"

> 在一个不复存在但末日日期不得而知的世界里，
> 乔治·温哥华船长站在"发现"号的甲板上，
> 忧心忡忡地凝视着杳无人迹的风景

　　"而这些都指向一个有趣的问题，"奥利芙说，"如果始终都是世界末日呢？"

奥利芙顿了顿，等待着反应。她面前的全息观众几乎都一动不动。"因为我们也许有理由相信，"奥利芙说，"世界末日就是一个持续不断、永不终结的过程。"

一个小时后，奥利芙摘下耳麦，再次独自坐在办公室里。她感觉自己好像从来没这么累过。她静静地坐了一会儿，摄取真实世界的细节：书架、西尔维裱起来的几幅画、父母在她结婚时送给她的花园风景画，还有她偶然在地球上捡到的一块金属，她很喜欢那个形状，所以就把它挂在了墙上。她站了起来，走到窗前，眺望这个城市。白色的街道，白色的建筑，绿色的树木，救护车的灯光。现在是午夜，救护车不用开警笛。蓝红两色的警灯交替闪烁着，从街面上渐渐消失了。

"我本来应该死在这场大流行病中。"她无法透彻地理解这句话的意思，但是她的每个想法都离不开这个念头。一辆电车驶过，车上载着医护人员。接着又是一辆救护车，然后又恢复了寂静。空气中有什么在动：一只猫头鹰在夜色中无声无息地飞翔。

"当我们思索为什么是'现在'，"隔天晚上，奥利芙对着另一群全息观众说，"我是说，为什么在过去十年里，人们对末世小说的兴趣越发浓厚。我觉得，我们需要想一想在这个时间段里，世界发生了什么变化。顺着这个思路，我不可避免地想到了技术。"前排的一个全息影像忽明忽暗，说明那个人的网络不稳定，"我个人的想法是，末世小说之所以盛行，并不是因为我们沉迷于灾难本身，而是因为我们沉迷于想象灾难之后的世界。我们暗暗地渴望着一个没有这么多技术的世界。"

"我应该不是第一个这么问的记者吧？一个写大流行病小说的作者遭遇了大流行病是什么感觉？"另一个记者问。

"你可能不是第一个。"

奥利芙站在窗前，凝视着天空。二号殖民地穹顶的像素和一号、三号殖民地一样，都是蓝天白云不断变换，但是她觉得地平线上有一块像素出了点故障，看着隐约有些忽明忽暗，所以从那儿能看到外面漆黑的太空。很难说是出了什么问题。

"你最近在写什么？你那里可以工作吧？"

"我在写一部离奇的科幻小说。"奥利芙说。

"有意思。能再讲讲吗？"

"老实说，我自己也没太想好。我连这是长篇还是中篇都没想好。其实有点胡言乱语。"

"我估计今年谁写出来的东西都免不了胡言乱语。"记者这么说，奥利芙觉得她这个人不错，"你怎么会想到写科幻小说呢？"

那块天空刚刚绝对暗了一下。要是穹顶照明坏了，那会是什么样？这个想法很奇怪。她一直把大气层的幻象视为理所当然。

"我这里封控一百零九天了，"奥利芙说，"所以我就是想写一个和我这间公寓隔了十万八千里的地方的故事。"

"只是这样吗？"记者问，"实际的距离，封控中的一种旅行？"

"也不是吧。"救护车的警笛声越来越近，接着停在了街对面那栋大楼前面。奥利芙转过身，背对着窗户。"有太多的……听着，"奥利芙说，"我不想小题大做，我知道现在很多地方的情况都一样。但是，实在是有太多的死亡了，死亡把我们包围了。我不想写现实的东西。"

记者一语不发。

"我也知道，每个人都在经历着这些。我知道我已经特别幸运了。我知道情况可能糟糕得多。我不是发牢骚。可我父母住在地球上，我不知道能不能……"她说不下去了，接着她深吸了一口气，让自己冷静下来，"我不知道什么时候才能再见到他们。"

两辆救护车驶过，一前一后，紧接着是一片安静。奥利芙扭头看了一眼。街对面的那辆救护车还停在那儿。

"你还在吗？"奥利芙问。

"抱歉。"记者说。她的声音有些哽咽。

"你那儿情况怎么样？"奥利芙轻轻地问。她突然想到，这个记者的声音听起来很年轻。她看了一眼日历。记者名叫安娜贝尔·埃斯科瓦尔，在夏洛特市工作。奥利芙对那里有点印象，很久之前她在卡罗来纳联合州做活动的时候去过。

"我　个人住，"安娜贝尔说，"我们不能出门，我已经……"她说到这儿就哭了出来，是真正的悲从中来。

"很抱歉，"奥利芙说，"听起来真的很孤独。"她一直盯着窗外看。那辆救护车还没开走。

"我很久都没有和别人待在一个房间里了。"安娜贝尔说。

一天夜里，奥利芙在一本几百年前的学术期刊里找到了一个叫加斯珀里·雅·罗伯茨的人。这份期刊的专题是监狱改革。这个线索让奥利芙又花了不少时间查找资料，最后，她找到了地球的服刑记录：20世纪末，加斯珀里·雅·罗伯茨因在俄亥俄州犯下两起杀人案被判有期徒刑五十年。可惜没有照片，所以奥利芙也不确定这究竟是不是同一个人。

"好了，奥利芙。"另一个记者说。他们身在一个银色的全息房间里，在场的还有另外两个作者，他们也都写过以大流行病为背景的书。四个人的全息影像忽明忽暗，宛如幽灵。"从疫情开始以来，《马里昂巴德》一共卖出了多少本？"

"哦，"奥利芙说，"我不知道具体有多少，但很多。"

"我知道卖了很多，"记者说，"这本书登上了各大畅销书排行榜，包括十几个地球国家、三个月球殖民地、三个提坦殖民地中的两个。我是问你具体的数字。"

"恐怕我手头没有销量数据。"奥利芙说。所有的全息影像都在盯着她。

"真的吗？"记者不依不饶。

"我没想到来参加这次访谈还要带上版税报表。"奥利芙说。

一个小时后，访谈结束了，奥利芙摘下耳麦，闭着眼睛坐了一会儿。从地球回来这么久了，现在再打开窗户，她又觉得二号殖民地夜晚的空气清新怡人了。空气虽然是被过滤之后的，但是这里长着植物，有河水流淌，窗外有一个真实的世界，其真实程度和从古至今每一个人生活过的世界都不相上下。奥利芙不知怎的想起了杰西卡·马利，她已经很久没想起过这个人了，还有杰西卡·马利的那本不堪卒读的月球青春小说。奥利芙想告诉杰西卡："听着，这里没有什么'非现实的痛苦'。"穹顶之下，在人工制造的大气层中，这里的生活也依旧是生活。一阵警笛呼啸着经过。奥利芙拿起通信器，输入杰西卡的名字，这才得知她两个月前在西班牙去世了。

"妈妈？"西尔维站在门口叫她，"访谈结束了吗？"

"嗨，宝贝。是的，提前结束了。"杰西卡·马利终年三十七岁。

"还有别的访谈吗？"

"没有了。"奥利芙跪坐在地板上，飞快地拥抱了一下女儿，"明天之前都没有了。"

"那我们可以玩'魔法森林'吗？"

"当然可以。"

西尔维激动地扭了扭身子。"我本来应该死在这场大流行病中。"奥利芙知道，自己终其一生都会思考这个事实。但是她活力四射的五岁小女儿就坐在自己面前，正咧着嘴笑。那一刻，她看到又有一辆救护车的灯光在天花板上一晃而过，而她明白，她可以对着女儿露出微笑。这是大流行病教给她的一个奇怪道理：面对死亡，生活可以宁静如海。

"妈妈？咱们玩'魔法森林'吧。"

"好的，"奥利芙说，"传送门打开了……"

六　　米蕾拉和文森特

# 1

"遵循证据。"在加斯珀里那些年的培训里，从他给佐伊打电话祝她生日快乐的那个晚上，到此时此刻，这句箴言一直都是他的行动指南。"此时此刻"好像已经变成一个毫无意义的字眼，不过每一刻都可以归于一个日期。所以让我们就称这一刻是 2203 年 11 月 30 日，地点是二号殖民地。这个城市里疫情肆虐，最终将有百分之五的居民被夺去生命。这里此时还不是加斯珀里的家，也还不是夜之城。加斯珀里和佐伊正迅速穿街走巷，躲避执行封控的巡警。

"这里。"佐伊说着，把加斯珀里拉到了一个门檐下。加斯珀里透过旁边的玻璃门查看屋内的情况，只隐约看到几张桌椅。这是一间餐馆，或者说以前是一间餐馆。现在二号殖民地的餐馆都关门了。

　　两个人在阴影里紧靠在一起，聆听周围的动静。加斯珀里只听见了警笛声。

　　"你知道吧，你违反了最重要的规定。"佐伊轻声说，"为什么要这么做？"

　　"我不能不提醒她。"加斯珀里说。

　　"好吧，"佐伊说，"你现在的情况是这样的。我只来得及做初步分析，不过据我所知，你救奥利芙·卢埃林的决定对时间研究所没有看得到的影响。"

　　"那意思是我没事了？"

　　"不，"佐伊说，"意思是你不会立即在时间里销声匿迹。就是说你的旅行权限还没有被取消，因为我们花了五年时间培训你，你对时间研究所可能还有利用价值，至少对这次调查而言是如此。但如果我是你，我就会把胳膊里的追踪器弄出来，不会再回去了。"她拿起了通信器，"我得走了，你待在这儿，待在这个时间，我会想办法来找你。"

　　"等等，求你了。"

　　她注视着他，没有动。

　　"我知道你绝不会做这样的事，但是假设你也这么做了，"他说，"佐伊，如果你是我，你接下来会怎么做？"

　　"让我去想象没有发生的事，这很难。"她说。

　　"试试好吗？"

　　佐伊叹了口气，闭上了眼睛。加斯珀里注视着她，那一刻，他突然想到，父母都不在了，自己是她唯一关心的人。她一直没结婚。即使她有朋友或者恋人，她也从来没跟他提起过。他心里涌起一阵深不见底的内疚感。佐伊睁开了眼睛。

"我也许会想办法解决这个异常。"她说。

"怎么解决？"

佐伊半天没说话，加斯珀里以为她不打算回答了。"等一下，"她终于开口了，"我们最优秀的研究小组花了一年时间才确定这些坐标。"她在通信器里输了几个字，接着他听见自己口袋里的通信器轻柔地嘀了一声。

"我发了一个新的目的地给你。"佐伊说，"我们不知道具体时间，只知道日期和地点，所以你只能在森林里等着了。"她在通信器里输了另一串代码，就从他面前消失了。

加斯珀里一个人站在门槛下，城市没错，但时间错了。他闭上眼睛，思考调查的进展，因为这好过想姐姐的事，也好过思考返回自己的时间会面对什么结果。他有一个新的目的地。他把那串代码输入通信器，接着就离开了。

2

　　加斯珀里来到了凯耶特的海滩。他从坐标上知道现在是 1994
年夏天，但是他一开始还以为自己弄错了，因为这个地方八十年来
竟然一点也没变。他望着那两座小岛，还有水面上的几丛树，恍惚
觉得自己又回到了 1912 年，正打扮成 20 世纪初的神父模样，准备
去教堂里见埃德温·圣安德鲁。

　　山坡上那座白色的小教堂也和他上次来的时候一模一样，不久
之前肯定重新刷过漆，但周围的房子不一样了。他转过身，目光落
在了海面上。正是日出时分，天蓝和粉红的色彩在水面上荡漾。他
喜欢海浪温柔地一层叠着一层的姿态。他情不自禁地想起了母亲，
他已经很久没有想到母亲了。母亲小时候在地球上生活过。在他童
年住的那所房子里，母亲在厨房炉灶上方挂了一个相框，里面放着
一张小小的长方形照片，上面印着地球上的海浪。他记得母亲常常

一边搅着汤一边看着照片。但他发觉，对他来说，大海在他心里没有一丝分量，他的儿时记忆里没有，他生命中重要的时刻也没有。大海就只是他在电影里见过的、工作时去过的一个地方，在他心里激不起太多的感情。过了一会儿，他转过身，按照通信器上微微跳跃的坐标走过了海滩。他经过了尽头的那所房子，走进了森林。

和穿着牧师袍那次相比，现在走在森林里要轻松多了，不过加斯珀里在这方面还是没什么天赋。地面太软，树枝勾着他的衣服，他感觉四面受敌。这是个晴朗的下午，不过早上肯定下过雨。蕨叶划着他的腿，湿漉漉的。他脚上那双鞋的防水效果没有想象的好。手里的通信器轻柔地震动，提示他距离目标很近了。他放开了抓在手里的树枝，想去看屏幕，结果树枝弹了回来，抽在他脸上。

加斯珀里看到了那棵枫树，上次一别之后，它又度过了八十二年。这棵树并没有长高太多，只是愈发粗壮，愈发苍劲繁茂。周围的空地也更开阔了。他走到树荫下，抬起头，望着树叶间洒落的阳光。从记事以来，他第一次真正体会到了崇敬之感。

文森特·史密斯什么时候过来？加斯珀里无从知晓。他来到空地之外，吃力地钻进一片茂密的草丛，跪在凉爽湿润的地上，静静地等待着。

他一动不动，聆听着周围的动静。他不喜欢森林的另一个原因是森林里时刻充满着各种各样的声音。不是月球城市里那种持续的白噪声，那是远处的机器声，那些机器让月球维系着和地球一样的重力水平，使穹顶里的气体可供人类呼吸，并带来风的幻觉。森林里的噪声没有规律可言，而这种随机性让加斯珀里觉得烦躁。时间一小时一小时地过去了。他肌肉抽筋了，还渴得要命。他几次站了起来，活动活动四肢，再重新蹲下去。就算有人走近他，他也听不到动静，但他最终还是听到了。下午四点刚过，他听见小径上传来了那个女孩轻柔的脚步声。·

这是十三岁的文森特·史密斯：她好像是用一把不太锋利的剪刀把头发简短了，又染成了亮蓝色。她画了浓浓的眼线，整个人都是一副缺乏照顾的样子。她走得很慢，眼睛一直盯着取景器。加斯珀里认出了这幅画面：他曾经坐在纽约市的一家剧院里观看一场有些无聊的演奏会，当时配的录像就是文森特现在录的。文森特走到那棵大树下，停下脚步，举起了相机……

一瞬间，现实崩塌了：加斯珀里和文森特来到了空旷的、有回声的俄克拉何马城飞艇航站楼，奥利芙·卢埃林走在他们前面，附近有人在拉小提琴。不可思议的是，埃德温·圣安德鲁也在这里，他正仰着脸，观察头顶的树枝／航站楼的天花板……

文森特脚下一个趔趄，差点摔了手里的相机。加斯珀里用两只手紧紧地捂住嘴，因为他忍不住想大叫。这时航站楼不见了。理论上知道一个时刻会损坏另一个时刻是一码事，同时经历这两个时刻是一码事，而猜想其中的含义则是另一码事。文森特惊慌地四下张望，但加斯珀里身子蹲得很低，她没有看见。加斯珀里闭上眼睛，两只手按进泥泞里。他努力告诉自己，打湿了裤子膝盖的冷水是真实的。

## 3

然而，怎么确定一个世界是真实的？

　　加斯珀里仰面躺在泥地上，凝视着树叶的轮廓。天色逐渐昏暗，他觉得自己好像在那儿躺了很久。夜幕笼罩了森林。文森特已经走了。加斯珀里有些吃力地坐了起来，他的后背有点僵硬。他一动不动地躺了多久？他用通信器发了一条信息："我看见了！我看见了文件损坏！是真的，佐伊。"

　　没有回复。他知道自己做了什么，他知道，救下奥利芙·卢埃林违反了最重要的规定，但他仍旧抱着一线希望：这条信息也许能救自己一命。

# 4

　　加斯珀里回到了他离开的那一刻，回到了时间研究所地下三层的八号旅行室，看见佐伊就坐在他面前的控制台后面。

　　"我看见了，"加斯珀里说，"我看见了那个异常。"

　　"你的信息我收到了。"佐伊注视着他，他看出佐伊哭过。"我刚刚见过以弗仑，"她说，"你要被停职了。"

　　"我会怎么样？"

　　"总之没有好结果。"

　　"我知道自己做了什么，"加斯珀里说，"可要是我能完成这次调查，也许他们会……"

　　"我看现在你做什么都救不了你自己了。"

　　"但是也许还有机会啊。听着，我只想多一重确认，再去找一个证人。我需要两个目的地。"加斯珀里从机器里走了出来，把通信器递到佐伊面前。

佐伊看了一眼，皱起了眉头："1918 年？"

"我还有几个问题想问埃德温·圣安德鲁。"

"那为什么是 1918 年？他经历那次异常是在 1912 年。那 2007年又发生了什么？"

"文森特·史密斯参加了一场派对。"他说，"我估计她那时候是叫文森特·奥凯提思。这场派对是次要目的地之一。"

"但是你的通信器和追踪器都被停用了。"她说。

"佐伊，"加斯珀里说，"求你了。"

她闭了一下眼睛，然后接过了他的通信器。她在上面敲了几个字，但加斯珀里看不见，接着她又凑到投影前面扫了虹膜。"我覆盖了停用指令。"她的声音异样地平静，但加斯珀里看见她的眼睛里写满了恐惧，"以弗仑随时会过来，应该还会带警察。加斯珀里，我不会阻止你离开，但要是你再回来，我也没办法保护你。"

"我明白，"加斯珀里说，"谢谢你。"

敲门声响起的同时，加斯珀里刚好离开了。

# 5

2007 年冬天，加斯珀里从纽约市的一间男厕所走出来，置身艺术馆的派对，感受着温暖明亮的氛围。他在人群中缓缓地迈着步子，努力地熟悉着周围的环境。他要找文森特·史密斯。他知道文森特在这儿——她来过这儿，这是有历史记录的，因为有一个社会活动摄影师在场。但 2007 年就意味着米蕾拉·凯斯勒也在场，因为 2020 年那次奇怪的偶遇，加斯珀里想要避开米蕾拉。

加斯珀里看见文森特和米蕾拉了，她们两个站在房间的另一头，正在欣赏一张大幅油画。加斯珀里从一个小圆托盘上拿起一杯红酒，一边假装欣赏另一幅油画，一边考虑下一步的行动。周围的人让他感觉紧张极了。他们握手、亲吻彼此的脸颊，即便他接受过一整套文化敏感性培训，但在流感季节，这样的举止还是显得匪夷所思。他提醒自己，这些人都没有经历过大流行病。他们都太年轻了，谁也不记得 1918—1919 年的冬天；埃博拉疫情隔了几年才发生，而且主要集中在大西洋彼岸；COVID-19 更是十三年后的事了。加斯珀里绕着房间慢慢地踱步，朝文森特靠近。

2007 年的文森特生活优渥，浑身散发着一种优雅自信的光芒。加斯珀里怎么也想不到，此时的这个文森特竟然就是他刚才在凯耶特见到的那个一头蓝发的"孤魂野鬼"。文森特和米蕾拉挽着胳膊，站在一幅油画前。但加斯珀里这时注意到，她们并不是在欣赏那幅画。两个人正在说着什么悄悄话。米蕾拉轻轻地笑了起来。两个人好像形影不离，这让加斯珀里快要绝望了。幸好文森特抽身去和另一个人打招呼，米蕾拉则转身去找她的丈夫，加斯珀里终于看到了机会。

"文森特？"

"你好。"她笑容可掬，加斯珀里发现自己马上对她产生了好感。

"抱歉，打扰一下。一位艺术收藏家委托我调查一件事，所以我想冒昧地占用你一点时间问一个问题，是关于你哥哥保罗的视频的。"

文森特认真起来。她诧异地睁大了眼睛："我哥哥？可我以为——我不知道他做视频。他是个音乐家，或者应该说是作曲家吧。"

"这也是我的疑虑。"他说，"我觉得那些视频不是他自己录的。我觉得拍摄者另有其人。"

文森特皱起了眉头："能具体说说内容吗？"

"嗯，其中有一个视频，"加斯珀里说，"拍摄者走在一片森林里，应该是在不列颠哥伦比亚。那天是个晴天。从录像画质判断，我觉得八成是 20 世纪 90 年代中期拍的。"

她的目光变得柔和起来。加斯珀里感觉自己像是在给她催眠。他接着说："拍摄者沿着一条小径，走到了一棵枫树下。"

文森特点了点头，说："我以前经常在那条小径上拍视频。"

"我说的这段视频里发生了一件怪事。有什么东西闪了一下，"加斯珀里说，"一瞬间，画面一片漆黑，就好像是带子出了什么故障——"

"确实像是故障，"文森特说，"不过不是带子的问题。"

"你看见了？"

"我听见了一些奇怪的声音，眼前突然黑了。"

"你听见什么了？"

"小提琴的乐声，还有液压系统的那种噪声。我也解释不清。"文森特突然收回了目光，"不好意思，你刚刚说你叫什么？"

文森特的丈夫从人群中走过来，递给她一杯酒，加斯珀里趁她一时分心，悄悄地走开了。他心里有一种异样的满足感，疲惫中夹杂着欣喜。他拿到了一份补充证据，都录在通信器上了。他有他自己的观察。从询问奥利芙·卢埃林那时起到现在，在这个不同寻常的、看似没有尽头的一天，他第一次感觉到，他也许还不至于在劫难逃。

他在男厕所门外逗留了片刻，望着派对上的人，快乐立刻烟消云散。这就是佐伊说过的那种糟糕的感觉，知道每个人的结局，只会让人痛苦不已。他的目光掠过这个房间，有生以来，加斯珀里第一次觉得自己老了。

文森特和丈夫碰了碰杯。十四个月之后，奥凯提思因为策划大规模的庞氏骗局被捕，随后获得保释，并趁机逃往迪拜，他抛下了文森特，在一间间酒店里度过了漫长的余生。

文森特又活了十二年，后来在一艘集装箱船的甲板上消失了，具体情况一直是个谜。

旁边的米蕾拉正在和丈夫费萨尔说话。费萨尔是奥凯提思的那场庞氏骗局的受害者。一年之后骗局被曝光，费萨尔落得一无所有，在他的介绍下投资的亲戚也血本无归。费萨尔是自杀而死的。

米蕾拉看到了尸体和遗言。之后她又在纽约市生活了十几年，直到 2020 年 3 月，她不知道为什么去了迪拜，刚一降落，就赶上了 COVID-19。她因此结识了住在同一家酒店的希米什·江，后来两个人一起去了江的家乡伦敦，他们平安度过了疫情，结了婚，并相伴终老。米蕾拉做了零售管理工作，事业有成，生了三个孩子，八十五岁那年死于肺炎，她的丈夫江在之前一年死于车祸。

但是，所有的传记、所有的生平记录，都不可避免地遗漏了太多东西。在此之前，在米蕾拉失去费萨尔之前，在这个海边城市的这场派对之前，她是生活在俄亥俄州的一个孩子。加斯珀里打了个寒战。他想起 2020 年 1 月米蕾拉在公园甲注视他的目光。"你当时在立交桥下面的桥洞里。"她是这么说的，语气笃定得叫人害怕，"在俄亥俄州，那时候我还是个小孩。"不止这些。米蕾拉还说他被捕了。

　　他本来以为，1918 年会是他的最后一程。为了将功补过，他已经尽了最大的努力。去过 1918 年之后，他就会回家去承担后果。但他现在望着米蕾拉，终于意识到，太迟了。他会去 1918 年，但那之后，他还有一个目的地。

七　侨居

Sea of Tranquility

# 1

1918 年，埃德温失去了两个哥哥，还失去了一条腿。他和父母一起住在家族庄园里。他不停地走路，表面上是为了改善步态（他装了义肢，走起路来一瘸一拐的），而真正的原因是，他认为如果他站着不动，敌人就会抓住他。他日夜不停地走路。他一睡着，就会"回到"战壕里，情景是那么真切，所以他不肯睡觉，这就意味着他总是一不小心就睡着了：也许是在书房里看书时，也许是坐在花园里时，还有一两次是在饭桌上。

他的父母不知道该用什么语气和他说话，甚至不知道该用什么眼神看他。他们现在不能再责怪他不思进取了，因为他是一位战争英雄，还残疾了。谁都能看出来，他的情况并不好。母亲温柔地说："亲爱的，你的变化太大了。"而他弄不清这话究竟是称赞、指责，抑或只是纯粹地就事论事。他一向不擅长察言观色，现在更加不如从前。

"嗯，"他说，"有些事，我真希望我没遇到过。"

天杀的 20 世纪，如此轻描淡写。

不过，他倒是更能体会母亲的心情了。每次阿比盖尔在餐桌上回忆往事，每次说起殖民地，她脸上就浮现出从前儿子们不屑的"印度表情"。如今的埃德温更清楚地知道，她是在哀悼自己的失去。虽然他仍然坚信"拉杰"不容开脱，但是对母亲而言，她的确失去了一整个世界。她从小熟悉的世界不复存在，这并不是她的错。

有时候，他喜欢坐在花园里和吉尔伯特聊聊天，即使吉尔伯特已经不在人世了。吉尔伯特和尼尔都死在了索姆河战役中，只隔了一天，而埃德温在帕斯尚尔战役中幸存。①不对，"幸存"这个词并不恰当。从帕斯尚尔回来的是埃德温的躯壳。如今的他只把身体当成一副机器。他的心脏还在跳动，没有死亡。他还在呼吸。除了少了一条腿，他身体健康，但是心已经病入膏肓。在这个世界上活着太难了。

在刚回来的那几周里，他除了躺在床上，什么也做不了，他听

---

①索姆河战役：1916 年，英法军队和德军在法国索姆河地区的战役，是第一次世界大战中规模最大的战役。帕斯尚尔战役：1917 年，英法军队和德军在比利时境内的战役。两次战役均在西线战场展开。

见医生在房间外的走廊上说："这种情况并不少见，那些上了战场后被派去驻守战壕的年轻人……哎，有些人目睹了一些事，我们谁见到都会承受不住的。"

他还没有彻底自暴自弃，他还在努力。他现在每天早上会起床，换好衣服，吃掉摆在面前桌子上的早饭，做这些耗光了他的力气，于是他接着就在花园里坐上差不多一整天。他喜欢坐在树下的长椅上，和吉尔伯特说话。他知道吉尔布特不在那儿（他还不至于疯得那么厉害），但是能和他说话的没有别人了。他在这儿有朋友，不过那是从前的事了。如今，他有一个朋友远在中国，其余的都去世了。

"如今你和尼尔都不在了，"他对吉尔伯特倾诉道，"爵位和财产都要由我来继承了。"他诧异地发现，现在这些东西对自己来说根本无所谓了。

一天早上，他走到有围墙的花园里，看见长椅上坐了一个人，心里不由得一惊。他一时间以为那是吉尔伯特——如今他觉得什么都不无可能。等他走近了，发现来人的身份几乎同样稀奇：是不列颠哥伦比亚最西端那个小教堂里的陌生人，那人当时一身神父打扮，但是当地人从来没见过他，也没听说过这号人。

"请坐吧。"男人说，还是那副难以分辨的外地口音。

埃德温在男人旁边坐下了。

"我还以为你是我的幻觉呢。"埃德温说，"我后来见到派克神父，问起刚才和我说话的那个新来的神父，他看着我，那表情就好像我长了两个脑袋。"

"我叫加斯珀里－雅克·罗伯茨。"陌生人说，"恐怕我只有几分钟的时间，但是我想见见你。"

"只有几分钟的时间，然后呢？"

"我要去赴约。要是我全都告诉你，你准觉得我是个疯子。"

"只怕我现在没资格评价别人是不是精神失常，但你溜进我的花园里干什么？"

加斯珀里犹豫了片刻："你上过西线，是不是？"

淤泥。冷雨。爆炸，刺眼的火光，什么东西像雨点一样落在他周围，其中一个砸在他胸前，他一低头，认出那是一条手臂，是他最要好的朋友的手臂——

"比利时。"埃德温咬紧牙说。

然而，"朋友"这个词不足以代表那个人在他心中的位置。砸在他胸前又掉在他脚边的，是他心上人的胳膊。他心上人的脑袋掉在旁边的泥泞中，眼睛睁得大大的，写满了不可置信。

"所以你现在害怕自己失去理智。"加斯珀里小心翼翼地说。

"不瞒你说，我的理智一直有点脆弱。"埃德温说。

"你还记得你当时在凯耶特的森林里看到了什么吗？那是好几年前的事了。"

"历历在目，不过那是我的幻觉。是我的第一个幻觉，恐怕后来还有很多。"

加斯珀里沉默了片刻："我解释不了其中的技术原理，我姐姐应该知道，但我至今还是不明白。不过，不管你后来经历了什么，不管你在比利时目睹了什么，你的理智可能比你以为的要健全。我可以保证，你在凯耶特看到的都是真的。"

"我怎么知道你是不是真的？"埃德温问。

加斯珀里伸出一只手，碰了碰埃德温的肩膀。他们就这样待了一会儿，埃德温注视着肩膀上的那只手。接着，加斯珀里收回了手，埃德温清了清嗓子。

"我在凯耶特的那段经历不可能是真的，"埃德温说，"是我的感官错乱了。"

"是吗？据我所知，你听到了一段小提琴的音符，那是2195年的一位音乐家在一个飞艇航站楼表演的。"

"飞艇……你说二一几几年？"

"之后的那个动静，你肯定觉得很陌生。是一阵嗖嗖的声音，是不是？"

埃德温诧异地望着他："你怎么知道？"

"因为那就是飞艇的动静。"加斯珀里说，"飞艇是后来才有的。至于那段小提琴音乐……很像摇篮曲，对吧？"他顿了顿，接着哼了几个音符。埃德温紧紧地抓着长椅的扶手。"写这支曲子的人，出生在一百八十九年之后。"

"你说的这些都不可能。"埃德温说。

加斯珀里叹了口气："你就想象成是……嗯，想象成是损坏吧。不同的时刻可能会相互损坏。的确是错乱，不过和你无关。你只是碰巧见到了。我调查的时候你帮过我，我知道你现在有些脆弱，所以我想，能让你知道你的理智可能比你以为的要健全，也许能让你心里轻松一些。起码那一刻不是你的幻觉。你经历了来自另一个时间的一刻。"

　　埃德温的目光从陌生人的面孔飘到了略显颓败的九月的花园。鼠尾草光秃秃的，基本上只剩下褐色的草茎和枯萎的叶子，最后几枝花在逐渐黯淡的光线中摇曳着蓝紫色。他突然看尽了从此以后的生活：他可以安静地住在这里，打理花园，也许这就够了。

　　"谢谢你告诉我这些。"埃德温说。

　　"别告诉别人，"加斯珀里说着站了起来，拂去衣服上的一片落叶，"否则你会被送进疯人院的。"

　　"你要去哪儿？"埃德温问。

　　"我要去俄亥俄州赴约。"加斯珀里说，"祝你好远。"

　　"俄亥俄州？"

　　加斯珀里已经朝远处走去，他绕过房子，不见了。埃德温目送他离开，之后又在长椅上坐了好几个小时，看着花园渐渐消失在暮色中。

## 2

　　加斯珀里绕过房子，走到一棵垂柳的树根旁，站在树荫下看了看通信器。屏幕上有一条信息正轻柔地闪动："速归。"他的旅程耗尽了。他现在唯一的目的地就是家。一瞬间，他的脑海里产生了一个疯狂的念头：留在 1918 年，把通信器埋在花园里，再把追踪器从胳膊上挖出来，在这场大流感中听天由命，在这个陌生的世界里想办法过活。但是，他一边这么盘算着，一边已经输入了代码，准备离开了。他在时间研究所刺眼的灯光下睁开眼睛，毫不意外地看见一群人守在那里，穿着黑色制服的男男女女都将武器对准了他。不过，令他意外的是，站在以弗仑身边的是奥利芙·卢埃林的那个公关。只有他们两个人没穿制服。

　　"阿莱塔？"

　　"你好，加斯珀里。"她说。

"待在那儿别动，"以弗仑说，"你不需要从机器里出来。"以弗仑的两只手都背在身后。加斯珀里没动。他努力伸着脖子，好绕开那些黑制服。他看见在房间后面，佐伊被两个男人押着。

"我压根没想到。"加斯珀里对阿莱塔说。

"那是因为我工作很称职。"阿莱塔说，"我不会到处跟别人说我是时间旅行者。"

"这话在理。"加斯珀里觉得有点错乱，"对不起，"他对佐伊说，"对不起，是我骗了你。"但是佐伊被带了出去，门随即被关上了。

"你骗了她？"以弗仑问。

"我告诉她说我去 1918 年是为了调查，其实我是去见埃德温·圣安德鲁，我不想让他死在精神病院里。"

"真的假的？加斯珀里，你竟然又去犯罪了？谁那儿有更新的生平？"

阿莱塔皱着眉头查看通信器："更新的生平。加斯珀里离开三十五天后，埃德温·圣安德鲁死在 1918 年的大流感中。"

"这不是一样的吗？"以弗仑说着拿过她的通信器，他看了一会儿，叹了口气，把通信器还了回去。他对加斯珀里说："要是你没有改变时间线，他也有可能死于流感，只不过晚了四十八小时，死在精神病院里。看见没有？根本没有意义。"

"你没有理解意义在哪里。"加斯珀里说。

"很有可能。"以弗仑的眼睛里是眼泪吗？他显得既疲惫又不安。他更喜欢做一个树艺师。他面临着一个艰难的局面，从事着一份艰难的工作。"你还有别的话想说吗？"

"这就要说最后一句话了吗，以弗仑？"

"嗯，本世纪的最后一句话，"以弗仑说，"月球上的最后一句话。恐怕你要去一个很远的地方，而且回不来了。"

"能帮我照顾我的那只猫吗？"加斯珀里问。

以弗仑眨了眨眼睛。

"好，加斯珀里，我会帮你照顾你的那只猫。"

"谢谢你。"

"还有吗？"

"我还是会这么做的，"加斯珀里说，"我根本不会犹豫。"

以弗仑叹了口气："那更好。"他藏在身后的原来是一只玻璃瓶。他这时举起玻璃瓶，对着加斯珀里的脸喷了几下。瓶里喷出的东西闻着有点甜味，灯光暗了下去，接着加斯珀里两腿一软——

## 3

昏过去的一瞬间，加斯珀里隐约觉得以弗仑迈进了机器里，走到了他身后——

# 4

两声枪响，此起彼落——

脚步声，一个男人跑远了——

加斯珀里在一条隧道里。两头都有光照进来，他不仅能看到光，还能看到下雪了——

不对，这不是隧道，而是桥洞。他闻到了 20 世纪汽车尾气的味道。他昏昏欲睡，是刚才喷在脸上的东西弄的。他背靠着路堤。

以弗仑也在，他一身黑西装，从容镇定，有条不紊。他轻声说："抱歉了，加斯珀里。"他温热的呼吸吹着加斯珀里的耳朵："真心抱歉。"他拿走了加斯珀里手中的通信器，又塞给他另一个东西，硬硬的、冷冰冰的，而且沉得多——

一把手枪。加斯珀里看着手枪，有些好奇。他隐约意识到，那个逃跑的男人——是刚才开枪的人。那个男人手忙脚乱地跑远了，身影不见了。以弗仑也消失了，宛如一闪而过的鬼魂。空气凛冽。

　　加斯珀里听见脚边传来轻轻的呻吟声。他很难保持清醒，眼皮总是不由自主地合在一起。但他看见旁边有两个男人躺在地上，两个人的血在水泥地面上流得到处都是，其中一个人正呆呆地望着他。那个人的目光里写满了不解：你是谁？你是从哪儿冒出来的？可那个人已经说不出话来了，加斯珀里眼睁睁地看着那个人的目光黯淡了下去。加斯珀里独自一个人坐在高速公路下面，旁边还有两个死人。他垂着脑袋睡着了，不过马上又醒了过来。等他再睁开眼睛，看着手里的枪，所有的线索都被拼凑到了一起。"一个人可能会在时间里销声匿迹。"佐伊在另一个世纪里说过。何必把一个人一辈子都关在月球上呢？完全可以把这个人送走，安一个罪名，让别人代劳，把他关进监狱。

　　他感觉左边有人在走动。他慢慢地转过头，看到了两个孩子。是两个小姑娘，小的九岁左右，大的十一岁左右，两个人手拉着手。她们正要穿过桥洞，这时停下了脚步，呆呆地望着眼前的一幕。他看见两个孩子都背着书包，知道她们是在放学回家的路上。

　　加斯珀里任手枪从手中滑落，枪"咔嗒"一声掉在地上，好像全然无害的样子。一束束光罩在他身上，有红的，有蓝的。两个小女孩呆呆地看着那两个死者，接着，那个小一点的孩子看向了他，而他认出了这个女孩。

　　"米蕾拉。"他说了一声。

# 5

　　"恒星不会永远燃烧。"几年之后，加斯珀里在监狱的墙面上划上了这几个字，力度很轻，远看还以为是油漆花了。只有凑近了才能看见，而且只有生活在 22 世纪及之后的人才知道这句话的意思。你得看过 22 世纪的那场新闻发布会，中国领导人站在讲台上，身后围着五六个世界领导人。碧蓝的天空下，几面旗帜迎风飘扬。

　　监狱里有的是时间，无穷无尽的时间。因此加斯珀里花了很多时间去思考过去，不对，是未来，思考他带着纸杯蛋糕和鲜花去佐伊的办公室里帮她庆祝生日的那一刻，还有之后发生的一切。现在的情况很糟糕，他在错误的世纪里服刑，并且会死在这里，但月复一月、年复一年，他发现自己并没有多少遗憾。提醒奥利芙·卢埃林避开大流行病，不论他翻来覆去地回想多少次，都觉得自己没有做错。如果你看到一个人快要淹死了，你就有责任把他从水里拉上来。他问心无愧。

"罗伯茨，你在那儿写什么呢？"黑兹尔顿问。黑兹尔顿是他的狱友，年纪比他小很多，总是走来走去，说个不停。加斯珀里倒是不介意。

"恒星不会永远燃烧。"加斯珀里说。

黑兹尔顿点了点头，说："我喜欢，积极思维的力量，是吧？你现在被关在监狱里，不过这也不是永恒的，因为没什么东西是永恒的，是吧？我呢，每次我觉得人生有点不如意的时候，我……"黑兹尔顿喋喋不休，但加斯珀里没有往下听。在这些日子里，加斯珀里过得很平静，这是他没想到的。黄昏时，他喜欢坐在铺位的最边上，整个人都快要掉下去。因为从那个角度，他能看到窗外的一线天空。透过窗户，他可以看见月球。

八　异常

Sea of Tranquility

# 1

这就是应许的结局吗？

这是奥利芙·卢埃林那本小说《马里昂巴德》里的一句话，不过它其实是莎士比亚的一句台词①。入狱五六年的时候，我在监狱的图书馆里读到了那本小说，那是一本平装书，封面已经没有了。

---

① 出自《李尔王》第五幕第三场。

2

恒星不会永远燃烧。

# 3

六十岁生日才过了没多久，我的心脏就出了点毛病。在我生活的世纪，这种小病很容易治好，但在现在的时间、地点对我来说却有生命危险，于是我被转到了监狱医院。我躺在床上，这里看不到月亮，所以现在我无事可做，只能闭着眼睛，回忆从前的一幕幕：

> 在夜之城里走路去上学，经过奥利芙·卢埃林的童年故居，
> 临街的窗户封住了，房子上挂着牌子；
> 1912年，我穿着牧师袍，站在凯耶特的教堂里，
> 等着埃德温·圣安德鲁跌跌撞撞地走进来；
> 在夜之城的穹顶和边缘路之间的那片荒地上，
> 五岁的我在追松鼠；

阴沉沉的午后，我和以弗仑一起在学校后面喝酒，我们大概十五岁吧，

那样的午后总带着一丝危险气息，

即使我们只是多喝了一点，讲着傻乎乎的笑话；

六七岁的时候，在一个阳光灿烂的日子，

我拉着母亲的手，开怀大笑，

我在人行天桥上停下脚步，低头望着桥下的河水，

河水黑沉沉的，波光粼粼——

"加斯珀里。"

我感到手臂上一阵剧痛。我倒吸一口凉气，险些喊出来，但一只手捂住了我的嘴。

"嘘。"佐伊对我耳语道。她看样子四十出头，穿着一件护士服。刚才她把追踪器从我胳膊上剜了出去。我怔怔地看着她，不明所以。

"你把这个东西含在舌头下面。"她说着把那个东西拿给我看：是一个新的追踪器，要连上她塞到我手里的新通信器。她把我病床周围的帘子拉上了。她把她自己的追踪器和我的那个按在一起，一两秒钟之后，两个通信器同步急闪了起来。我呆呆地看着闪光——

# 4

我们来到了另一个房间，是另一个地方。

我仰面躺在木地板上，这个房间是一间卧室，看起来是在一所老式的房子里。我的胳膊还在流血，我本能地把胳膊抱在胸前。阳光透过一扇窗户洒进来。我坐了起来。壁纸上印着玫瑰图案，房间里摆放着木头家具，门外的一个房间里有淋浴间和厕所。

"这是哪儿？"

"这是俄克拉何马城郊外的一座农场。"佐伊说，"我给了业主一大笔钱，你可以在这儿一直住下去，当一个租客。现在是 2172 年。"

"2172 年。"我重复了一遍，"这就是说，二十三年之后，我会去俄克拉何马城询问那个小提琴家。"

"对。"

"你怎么来了？时间研究所肯定不会批准这次旅行的。"

"我那天被捕了，"她说，"就在你被送去俄亥俄州的那天。我有终身职位，而且一直表现良好，所以没有被扔到时间里，不过我在监狱里待了一年，出来之后就移民去了远地殖民地。时间研究所还以为他们掌握着唯一一台能运转的时间机器呢。他们想错了。"

"远地殖民地也有一台时间机器？然后你，怎么，他们就给你用了？"

"我受雇于⋯⋯那里的另一个组织。"她说。

"他们不介意你的记录？"

"加斯珀里，"佐伊说，"在这一行里，没有人比我做得好。"她一副实事求是的口吻，她并不是在吹牛。

"我到现在都不知道你究竟是做什么的。"

她充耳不闻："我答应接受远地殖民地的这份工作，只有一个条件，就是让我走这一趟。对不起，我没能早点过来。我的意思是，选一个更早的时间点。"

"没关系。我的意思是，谢谢你。谢谢你回来找我。"

"加斯珀里，我觉得留在这儿很安全。我帮你弄好了证明文件。你就在这儿安顿下来吧。去认识一下邻居们。"

"佐伊，我真不知道该怎么谢你。"

"换成是你，你为了我也会这么做的。"（心照不宣的事实：我有心无力。我和她不是一个水平的人，从来如此。）"不知道我们以后还能不能再见了。"佐伊说。

我们以前拥抱过吗？我不记得了。她紧紧地抱着我。片刻之后，她后退了一步，接着就消失了。

　　我坐在房间里，孑然一身。但"孑然一身"这个词并不足以概括我的处境。在这个世纪里，我一个人也不认识。即使这不是我第一次处于这种境地，也无法缓解我的孤独。我一时间神思恍惚，好奇黑兹尔顿这会儿在干什么。接着就想起来，我的狱友此时应该寿终正寝了。

　　我走到窗前，迷迷糊糊地眺望着碧绿的大海。农场几乎一直延伸到地平线，在成片的农田间，农业机器人正在阳光下缓缓地移动。更远处，我看见了俄克拉何马城的尖顶。天空呈现一片眩目的蓝。

# 5

农场的主人是两个老妇人——克拉拉和玛丽亚姆。两个人年近九十，在这儿住了一辈子。第一天晚上吃饭的时候（这顿饭吃的是乳蛋饼和沙拉，这是我几十年来尝过最新鲜的沙拉了），她们说她们乐得有一个出手阔绰的租客，而且她们不会问我任何问题，她们最尊重隐私了。

"谢谢。"我说。

"你姐姐把你的身份证件交给了我们，"克拉拉说，"出生证明之类的。我们就用证件上的名字称呼你吧？"

"就叫我加斯珀里吧。"我说。

"那好，加斯珀里，"克拉拉说，"万一哪天你需要那些文件，打开走廊门口那个蓝色柜子就能看到。"

在最初那几年里，我一步也没有出过农场，但我担心总有一天我还是要出去。玛丽亚姆病了，克拉拉开车送她去了医院，但到时候谁来开车送克拉拉呢？她们都快九十岁了。"我在研究所接手的第一个案子里出现了一对分身，"以弗仑跟我说过，那是不可捉摸的前世了，"根据我们最先进的人脸识别软件，同一个女人出现在了 1925 年的照片和 2093 年的视频里。"每次想到走出农场，我就想象着监控摄像头拍到了我的脸，穿越几个世纪触发警报，一个时间研究所的探员赶过来调查，接着是一连串的可怕后果。我和克拉拉聊了聊，她委婉地跟一个邻居打听了一下，对方有个朋友人脉广泛。于是没过多久，我就仰面躺在农舍的厨房桌子上，接受了激光面部塑形和虹膜染色手术。

麻醉药效过了之后，我坐了起来，这时外科医生已经走了。

"来点威士忌？"玛丽亚姆问。

"麻烦了。"

"你看着完全变了一个人。"克拉拉说着递过来一面镜子，我忍不住倒吸了一口凉气。

我的确完全变了一个人，但是我认出了这张脸。

# 6

在同一个月里，我找到了那把小提琴。这把琴很有年头了，琴盒一直放在门厅柜子的最里面。玛丽亚姆已经多年没碰过琴了。克拉拉联系了一个邻居，安排我去上课。

在开车过去的路上，克拉拉告诉我："老师叫莉娜，据我了解，她拉了一辈子小提琴。她到这儿来的情况和你差不多，明白我的意思吧？"

我瞥了她一眼。这一年她九十二岁，不过身体还很硬朗。她的眼神叫人看不透。

"我完全不知道。"我这句话里大概露出了一分责备的意味，克拉拉对着我打量了一番，目光平静。

"你知道，我一向注重隐私。"她说，"显然她也一样。三十年了，她几乎没离开过那座农场。"

我们把车停在了附近的一座农舍前，那座灰房子如同立体派画作，倒是可以当酒店。我想起了佐伊临走时的话，已经过去四年了——"你就在这儿安顿下来吧。去认识一下邻居们。认识一下邻居们。"我纳闷自己为什么始终不能领会她话里的意思，不管是哪一句。我下了车，走进晃眼的阳光中。

前门打开了，从屋里出来的女人和我年纪差不多，也是六十出头。

"早上好，加斯珀里。"塔莉娅说。

# 7

"你姐姐去的时间应该刚刚好，我及时得救了。"塔莉娅说，"一天夜里，她到酒店找我，那时候她应该是刚刚出狱。她说警察开始调查我了，大概是因为我散布机密。"

"嗯，说句公道话，你确实有散布机密的癖好。"我们坐在她那座农舍的门廊上，两把小提琴摆在我们中间。

"我那时候做事不计后果。可能是在向命运挑衅吧。她说她打算去远地殖民地，还强烈建议我也一起去，不过远地殖民地和月球有引渡条约，所以等我们过去之后，她建议说，那里大概还不是我最终的目的地。"

"这是三十年前的事？"

"二十六年前。"

我从她身上看到了在这座农场生活了四分之一个世纪的痕迹。

她晒黑了，整个人心平气和。

　　"那里是什么样子？"我问，"远地殖民地。"

　　"那里很美，"她回答说，"但是我不喜欢生活在地下。"

8

不到一年，我和塔莉娅结了婚。克拉拉和玛丽亚姆去世之后，把农场留给了我们。

在之后的那些年里，不论是我和妻子一起拉小提琴的晚上，一起做饭的时候，在田野里漫步、观察农业机器人操作的时候，还是坐在前廊上，望着天边的飞艇像一只只萤火虫一样在俄克拉何马城起飞的时候，我都不由得想：时间研究所永远不明白的是，即使找到了确凿的证据，证明我们生活在模拟世界，恰当的反应也应该是——那又怎么样。模拟的人生也照旧是人生。

## 9

　　倒计时开始了。每一天，我都能感觉到它如影随形。我知道，很快我就要搬去俄克拉何马城了。2195 年，我要开始定期在飞艇航站楼演奏小提琴。我知道，因为我记得那次询问，我的妻子会死在我前面。

## 10

夜里，
悄无声息地，
死于动脉瘤，
这一年她七十五岁。

# 11

塔莉娅走了之后，有好一阵子，我每天晚上都一个人坐在前廊，望着飞艇飞过远处的城市。我养的狗欧迪趴在我身边，脑袋枕在爪子上。起初我以为我迟迟没有搬去城市，是因为舍不得这座农场，直到某天晚上，我恍然大悟：我渴望那些光亮。过了这么久，我又希望和别人相处了。

"我带你一起走。"我告诉欧迪，它冲我摇了摇尾巴。

# 12

时间研究所起码该有人发现我就是那个异常——哪怕只有一个人！毕竟里面的人个个都出类拔萃。不对，这么说不准确。是我诱发了那个异常。为什么没有一个人发现我询问的人就是我自己？多亏了佐伊替我伪造的文件，我证件上的名字是艾伦·萨米，我出生在俄克拉何马城外的一个农场，并且在农场里过了一辈子。

我在飞艇航站楼里目睹了那个异常。2195 年 10 月的一天，我在拉小提琴，我的狗趴在我旁边，我差不多同时注意到了两个人。

奥利芙·卢埃林拖着一只银色的行李箱经过，她没有注意到前面几米的地方朝我走来的那个男人，但是我注意到了。这个男人刚刚从一个储物柜里走出来。

这个男人朝我走来，和奥利芙·卢埃林擦肩而过，他身后的空气似乎泛起了涟漪。他没有察觉到这些，因为他的全部注意力都在我身上，也因为他有点紧张——毕竟这是他到时间研究所之后接受的第一个任务。

我继续拉琴。我已经出汗了，我拼尽全力演奏我写给塔莉娅的摇篮曲。那圈涟漪越来越密。那个软件（如果真的是软件），那个维持我们这个世界正常运转的不可知的设备，正想方设法修复两个我同时出现的不可能场景。然而，此刻不仅是一个人在一个地方出现了两次，那个设备、智能抑或软件，不管它是什么，还发现了第三个加斯珀里，在另一个时空里，在凯耶特的森林里。这一刻，现实真正地分崩离析，损坏的不仅是这一刻，还有那个地点：1912 年埃德温·圣安德鲁凝视着树枝的那个地点，也是 1994 年我躲在蕨叶之后观察文森特·史密斯的那个地点。朝我走来的那个男人身后，黑暗如波浪涌动，光线向周围荡漾。奥利芙·卢埃林突然站住了，像是目瞪口呆。我看见 1994 年的我跪在森林里，而埃德温·圣安德鲁也站在同一个地方，我们两个人的影子重叠了。十三岁的文森特·史密斯就站在旁边，手里拿着一台相机。

在附近的航空港里，一艘飞艇起飞了，嗖嗖声清晰地传到耳边。接着，幻象消失了。时间继续顺畅地流逝。文件损坏正在被修复，模拟世界的网在我们周围编织成原状，而加斯珀里－雅克·罗伯茨，年轻时候的我，时间研究所的新人，迟钝得叫人难堪的调查员，对这些毫无察觉。这一切就在他身后发生了。他的确回头瞟了一眼，不过（我还记得那一刻），他把强烈的异样感归结为抑制不住的紧张。

我闭上了眼睛。原来一直都是因为我。文森特和埃德温看见了异常，是因为我当时也在森林里。1912 年那次，我和埃德温应该是离得不够近，所以我没有亲眼看到。一支摇篮曲终了，我听见了加斯珀里的掌声。

他站在我面前，局促地为我鼓掌。我替他尴尬极了——是替我，还是替我们？我简直不敢和他对视，但还是强迫自己做到了。我庆幸我的狗一直呼呼大睡，没有看到我年轻时笨拙的样子。

"你好，"他语气轻快，带着一种明显不自然的口音，"我叫加斯珀里 - 雅克·罗伯茨。我在帮一个音乐史学家做研究，不如我请你吃午饭吧。"

## 13

"怎么描述我的生活？"我重复了一遍，故意拖延着，"哎，孩子，这个问题可大了。我也不知道该从哪方面说。"

"不如说说你每天的生活吧，要是你不介意。对了，我还没开录音，现在就是随便聊聊。"

我点了点头。我要弄得他应接不暇。我要引用莎士比亚，因为我知道他这时还没读过莎士比亚。我要称呼他"孩子"，因为他讨厌别人这么叫他，他不高兴的话，注意力就会分散。我要提到过世的妻子，因为他一直对婚姻失败的事耿耿于怀。我要让他担心会因为口音露出破绽，因为他在培训的时候最吃力的就是口音和方言。不过，我要先说起自己平静的生活，让他放松警惕。

"这个嘛，"我说，"我每天在那儿站上几个小时，拉小提琴，我的狗就趴在我脚边睡觉。上班的人匆匆经过，会扔几个零钱给

我。那些上班族，他们一个个都在以极快的速度经过。我过了一段
时间才适应。"

"你是本地人吗？"调查员问。

"我住在城郊的一个农场里，在那儿住了一辈子。听着，孩
子，到我接手的时候，小型农场基本上有人看着就行了。看着机器
人在田地里操作，偶尔调整一下设置。不过这些机器人制作精良，
主要靠自己调整，不需要你做什么。你在田野里拉拉小提琴，就是
为了找点事做。远远地，飞艇像一只只萤火虫一样起飞，不过凑近
了看才知道飞艇可比萤火虫快多了。"

在航站楼拉琴的时候，我有时候想，飞艇是在朝上坠落，重力
翻转了。飞艇上载满了面无表情的上班族，朝着天空坠落。那些乘
客路过的时候，有时候会朝我瞥一眼，往我的帽子里扔两枚硬币。
我注视着飞艇载着他们飞进清晨，飞往洛杉矶、内罗毕、爱丁堡、
北京。我幻想着他们的灵魂飞快地划过清晨的天空。

"我妻子过世之后，"我告诉那个调查员，"我又在农场里住了
一年，然后想，见鬼去吧。"

他点点头，假装听得津津有味，努力让自己不紧张，努力告诉
自己表现得很好。我没有告诉他：我总觉得，失去了塔莉娅，我一
个人守在那里，也许会消失得无影无踪。只有我、我的狗和农业机
器人，日复一日。"孤独"这个词根本不足以形容那种滋味。一片
空空荡荡。晚上，我和我的狗坐在门廊上，不想回到静悄悄的屋子
里。我像小孩子那样，眯着眼睛看月亮，隐约觉得能看见殖民地的
那几个光点。农田尽头，是城市的万家灯火。

"我可以开始录音吗？"调查员问。

"来吧。"

"好了，开始。谢谢你抽出时间回答我的问题。"

"不客气。谢谢你请我吃午饭。"

"好，为了录音的完整性，我先要说一下：你是一个小提琴家。"年轻的我说。

我按照台本说："是的，我在飞艇航站楼表演。"

不在飞艇航站楼拉琴的时候，我喜欢去街上遛狗，在一座座高楼之间穿梭。街上的每一个人都走得比我快，但他们不知道，我从前走得太快、太远，我不想再走下去了。最近，我常常思索时间和运动的问题，思索在川流不息中做一个静止点。

文中引用的"只要别丧气，就是好生活"出自约翰·巴肯（John Buchan）1919 年出版的小说《斯坦德法斯特先生》（*Mr. Standfast*）。

关于俗语"小鸡回窝，自食其果"的演绎——"从来不会是好鸡"，源自美国诗人凯·瑞恩（Kay Ryan）的一句话，当时是 2015 年，我们一起参加了一场文学节活动。

同一章里引用的公元 2 世纪罗马士兵兼历史学家阿米亚努斯·马塞里努斯关于安东尼瘟疫的描写，出自其著作第二十三卷，这部作品引人入胜，可在网上查阅。

本书的写作受益于弗雷德里克·W. 豪威（Frederic W. Howay）编著的《"哥伦比亚"号的航行》（*Voyages of the Columbia*）及马

克·祖尔克（Mark Zuehlke）的《恶棍、梦想家和次子：加拿大西部的英国侨民》（*Scoundrels, Dreamers and Second Sons: British Remittance Men in the Canadian West*）。

感谢我的图书代理凯瑟琳·福塞特及她在柯蒂斯·布朗公司的同事；感谢我的编辑纽约克诺夫出版社的珍妮弗·杰克逊、伦敦皮卡多出版社的索菲·乔纳森、哈珀柯林斯加拿大（多伦多）出版公司的珍妮弗·兰伯特及其同事；感谢我的英国图书代理安娜·韦伯及她在联合代理公司（United Agents）的同事；感谢凯文·曼德尔、蕾切尔·费尔施莱瑟及塞米·切拉斯阅读和评论本书的初稿；感谢我女儿的保姆米歇尔·琼斯在我写作本书期间帮忙照顾我的女儿。

# 未来，属于终身学习者

我们正在亲历前所未有的变革——互联网改变了信息传递的方式，指数级技术快速发展并颠覆商业世界，人工智能正在侵占越来越多的人类领地。

面对这些变化，我们需要问自己：未来需要什么样的人才？

答案是，成为终身学习者。终身学习意味着具备全面的知识结构、强大的逻辑思考能力和敏锐的感知力。这是一套能够在不断变化中随时重建、更新认知体系的能力。阅读，无疑是帮助我们整合这些能力的最佳途径。

在充满不确定性的时代，答案并不总是简单地出现在书本之中。"读万卷书"不仅要亲自阅读、广泛阅读，也需要我们深入探索好书的内部世界，让知识不再局限于书本之中。

## 湛庐阅读 App: 与最聪明的人共同进化

我们现在推出全新的湛庐阅读 App，它将成为您在书本之外，践行终身学习的场所。

- 不用考虑"读什么"。这里汇集了湛庐所有纸质书、电子书、有声书和各种阅读服务。

- 可以学习"怎么读"。我们提供包括课程、精读班和讲书在内的全方位阅读解决方案。

- 谁来领读？您能最先了解到作者、译者、专家等大咖的前沿洞见，他们是高质量思想的源泉。

- 与谁共读？您将加入到优秀的读者和终身学习者的行列，他们对阅读和学习具有持久的热情和源源不断的动力。

在湛庐阅读 App 首页，编辑为您精选了经典书目和优质音视频内容，每天早、中、晚更新，满足您不间断的阅读需求。

【特别专题】【主题书单】【人物特写】等原创专栏，提供专业、深度的解读和选书参考，回应社会议题，是您了解湛庐近千位重要作者思想的独家渠道。

在每本图书的详情页，您将通过深度导读栏目【专家视点】【深度访谈】和【书评】读懂、读透一本好书。

通过这个不设限的学习平台，您在任何时间、任何地点都能获得有价值的思想，并通过阅读实现终身学习。我们邀您共建一个与最聪明的人共同进化的社区，使其成为先进思想交汇的聚集地，这正是我们的使命和价值所在。

# CHEERS

## 湛庐阅读 App
## 使用指南

**读什么**
- 纸质书
- 电子书
- 有声书

**怎么读**
- 课程
- 精读班
- 讲书
- 测一测
- 参考文献
- 图片资料

**与谁共读**
- 主题书单
- 特别专题
- 人物特写
- 日更专栏
- 编辑推荐

**谁来领读**
- 专家视点
- 深度访谈
- 书评
- 精彩视频

HERE COMES EVERYBODY

下载湛庐阅读 App
一站获取阅读服务

图书在版编目（CIP）数据

静海 /（加）艾米丽·圣约翰·曼德尔
（Emily St. John Mandel）著；王林园译. -- 杭州 ： 浙江
教育出版社，2024.8
　　ISBN 978-7-5722-6556-3

　　Ⅰ.①静… Ⅱ.①艾… ②王… Ⅲ.①幻想小说－加
拿大－现代 Ⅳ.① I711.45

中国国家版本馆 CIP 数据核字（2023）第 180204 号

浙 江 省 版 权 局
著作权合同登记号
图字 :11-2023-241号

**上架指导 :科幻 / 文学**

# 静海
JING HAI

[加] 艾米丽·圣约翰·曼德尔（Emily St. John Mandel） 著

王林园　译

责任编辑：余理阳　苏心怡
美术编辑：韩　波
责任校对：李　剑
责任印务：曹雨辰
封面设计：ablackcover.com
出版发行：浙江教育出版社（杭州市环城北路 177 号）
印　　刷：石家庄继文印刷有限公司
开　　本：880mm ×1230mm　1/32
印　　张：8.25　　　　　　　　字　　数：175 千字
版　　次：2024 年 8 月第 1 版　　印　　次：2024 年 8 月第 1 次印刷
书　　号：ISBN 978-7-5722-6556-3　　定　　价：79.90 元

如发现印装质量问题，影响阅读，请致电 010-56676359 联系调换。